奔跑是人生固有的姿态

BENPAO SHI RENSHENG GUYOU DE ZITAI

王国军 主编

江西教育出版社

JIANGXI EDUCATION PUBLISHING HOUSE

图书在版编目（ＣＩＰ）数据

奔跑是人生固有的姿态 / 王国军主编 ． -- 南昌：江西
教育出版社，2015.7（2019.7重印）
　　（悦读文库）
　　ISBN 978-7-5392-8207-7

　　Ⅰ．①奔… Ⅱ．①王… Ⅲ．①故事－作品集－中国－当代
Ⅳ．① I247.8

中国版本图书馆 CIP 数据核字（2015）第 167874 号

悦读文库

奔跑是人生固有的姿态
BENPAO SHI RENSHENG GUYOU DE ZITAI
王国军 / 主编

江西教育出版社出版
（南昌市抚河北路 291 号　邮编：330008）
各地新华书店经销
日照教科印刷有限公司
720 毫米 ×1000 毫米　16 开本　13 印张　字数 165 千字
2015 年 8 月第 1 版　2019 年 7 月第 2 次印刷　印数 10000 册
ISBN 978-7-5392-8207-7
定价：26.00 元

赣教版图书如有印制质量问题，请向我社调换　电话：0791-86710427
投稿邮箱：JXJYCBS@163.com　来稿电话：0791-86705643
网址：http://www.jxeph.com

赣版权登字 -02-2015-405

目 录

第一辑 四毫米的勇气

第二辑　你不能总在原地踏步

第三辑　低头的智慧

第四辑　从来没有枯死的生命

第五辑　为了心中的佛

第一辑
四毫米的勇气

"父亲从小就教导我：世上没有绝望的处境，只有对处境绝望的人。所以我会把人生的每次不幸都当成一次转机，也唯有这样，我才能成为绝境中的上帝而非甘愿被束缚的奴仆。"这是他说的话。他不怕别人嘲笑他的固执，也不怕别人说他傻。因为他知道，在接二连三的绝境来阻碍成功时，命运的大门从来只会青睐迎难而上的智者。

四毫米的勇气

王国军

　　她是个旅行家，她最大的梦想就是沿着美国的边界徒步走一圈。她认为这是一次史无前例的野外旅行。为了这个梦想，她整整做了一年的准备，在正式离职以后，她认为时机已经到了。

　　那个秋高气爽的早上，她上了一家旅行社的汽车，目的地是芝加哥。在那里，她将开始她全新的旅程。一路上，大家都尽情欣赏着两边的景色，笑声不断，谁也没有意识到即将到来的危险。

　　晚上，大家一起享受了一顿丰盛的篝火晚餐，车子继续上了路。也许是因为旅途的疲惫，大家很快进入了梦乡。

　　但大家万万没有想到，噩运就在这个时候降临。车子砰的一声，撞坏了护栏，直冲往水中。很多人都惊醒过来，大人小孩都慌成了一团，哭的哭，跑的往车门跑。当时她正坐在后面，她站起来，下意识地往前跑，才半步，停住。她猛然想起初中所学过的知识，车落水应该是前面先进水。如果这个时候一窝蜂往前面跑，只会增加危险的几率。她望着前面乱成一团的人们，忽然冷静下来。她开始用力地敲玻璃，因为她知道，这个时候如果敲不破这四毫米厚的玻璃，等车子完全进水后，就再也没有机会了。

　　她掏出随身携带的一把水果刀，使劲锤。一下，两下，三下……手出

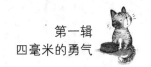

血了，一滴滴落下来，但她没有放弃。她告诉自己：只要想活，活下去的勇气够强，决心够坚定，就一定有生的希望。也不知锤了多少下，她终于听到了玻璃破碎的声音。

她迅速拿了块海绵枕头，开始喊前面的人，但是这个时候，她弱小的声音已经没有任何作用。她不再犹豫，从破玻璃处爬了出来。

最后的噩运再次降临。由于不会游泳，再加上漆黑一片，她根本不知往哪个方向游，划着划着身体就沉了下去，生命悬于一发。为了不让自己喝到水，她一只手捏着鼻子，沉到水底后她就用力蹬泥土，好让身体浮到水面，这样沉下去浮上来四个回合后，她发现自己靠岸了。没有人会想到，在这样的情况下，她还如此镇静。然而她做到了。

她遇到了救援队。没有人敢相信，这个在水中搏斗了两个多小时的姑娘，除了有些疲倦，一切表现都很正常。

在获救后第二天，她给家人打去电话，她告诉家人自己还活着。

很多人都觉得这样的事情像天方夜谭，但是她做到了，她也知道凭她一个人的力量，要想敲碎那四毫米的玻璃确实是件难事，但是如果不这样做，她也只能像其他人一样，在混乱中死去。事实证明，她的选择是正确的。

有记者希望她能把逃生的经历告诉大家，她只说了八个字：坚强、冷静、乐观、自信。

这是一个真实的故事，时间是 2008 年 7 月 7 日，她是这次灾难中唯一幸存的人。同时那天也是她二十八岁的生日。她的经历告诉我们，坦然去面对灾难和逆境，并锲而不舍地奋斗，才是创造奇迹的唯一诀窍。

点亮心灵的明灯

王国民

洛克从小就失去了母亲，十二岁那年，父亲也因盗窃罪被判刑，后来在狱中病逝。幼年的洛克遭受了太多的白眼和欺凌。为了生活，他不得不跟随年事已高的外祖母颠沛流离。在外祖母去世后，洛克一个人辗转来到新墨西哥的一个边陲小镇，整日在街上游荡，无所事事。

当看到同龄的孩子都生活无忧时，洛克的精神防线彻底崩溃了，他执着地认为，是这个社会害得他无依无靠，于是，报复便成了他生活的全部。一个十四岁的孩子，做起事情来是相当疯狂的。他所在的那条街，每家每户，不是玻璃被砸了，就是东西不见了。当然，这都是洛克的杰作。

洛克成了这条街上最不受欢迎的人，没有人愿意和他玩，看见他都躲得远远的，大人们也都鄙夷地吐着口水。洛克却更加得意了。

镇上有个旅游景区，在一个岛上，为了旅游方便，人们决定修建一座木桥。洛克非常兴奋，但他绝不是要贡献力量，而是想方设法搞破坏。建桥时，晚上有专人看守，洛克无法下手，桥建好之后，洛克知道机会终于来了。

在一个漆黑的夜晚，洛克带着锯子出发了。勘探了地形后，洛克下手了，但他并不打算一下子全部锯断两边的栏杆，他要慢慢地玩。在锯断四根栏

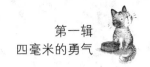

杆后，洛克兴奋地回家了。

第二天早上，当旅游的人们看见被破坏的大桥时，大家都愤怒了，所有的指责都落在了洛克的身上。洛克眯着小眼说："怎么可能是我做的呢？这些天我压根儿就没出去。"看着找不到证据的人们垂头丧气地离开，洛克得意地笑了。

晚上，洛克又出发了，走到大桥上，他惊讶了，原来昨天破坏的那四根栏杆早已修好。是什么人干的？洛克迷惑着，他又想，敢跟我作对，我天天来，看你能耗多久。

让洛克不解的是，每次他锯断了，到第二天就修好了，天天如此，洛克一直想知道，这个人到底是谁。为此，他埋伏了好几天，却一直都没等到人。

父亲去世三周年的那个晚上，洛克决定烧毁这座木桥，他带着准备好的汽油来到大桥上，却听见锯子发出的声音。是个老人。老人回头的时候，洛克看清了那张脸，他惊讶地叫了一声，扔下汽油桶，撒腿就想跑。

这个老人，洛克并不陌生，他就是父亲的生平挚友，木匠乔治。洛克远远地听见乔治在喊他："洛克，我知道是你，你过来。"洛克犹豫了一下，还是硬着头皮走了上去。

忙了整整两个小时，才把损坏的栏杆修好，乔治把几段半截的木头放在篓子里，然后背着朝前走。起步的时候，洛克注意到了，乔治的脚有点瘸。

洛克不好意思地帮他背过篓子。乔治指指自己的脚说："知道为什么会这样吗？前几天，为你修栏杆时，不小心被木头砸伤了。"洛克不好意思地低下了头。

乔治又说："这几年我一直在找你，因为你父亲放心不下，临终前嘱

附我一定好好帮你。直到前些日子，听说这里刚建的桥就被人弄坏了，我知道准是你干的，我就过来了。洛克，我希望你能明白，你并不是孤独的，很多人都爱着你，并且在努力帮你。"

那一刻，洛克的心被深深震撼了，潸然泪下。他一直以为，自己是被社会遗弃的孩子，直到今天，他才发现，还是有很多人在关心他，感化他，只是他从来都不愿面对。那曾经的往事，一点一滴的关爱，如一阵飓风，扫尽了他心底的阴霾，又如一盏明灯，指亮了前行的路。他知道，在以后的人生中，他将会用一张温馨的微笑的脸去面对任何人，饱满、真诚，并从此长流不息。

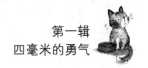

一分钟，一辈子

刘敏

他五岁的时候，全家搬迁到香港，他在一所小学读书。可他实在太调皮了，上学第一天，他就把同桌的女生辫子给剪掉了。院长极为恼火，罚他打扫一周的清洁，他却利用这个时间，到后山的树上偷吃桃子。父亲不得不亲自到学校道歉，并为他支付罚款。

然而这样类似的恶作剧却比比皆是，父亲每周都要接到好几个投诉，当然也免不了来回奔波，但纵是如此，父亲每次来学校，脸上的表情总是不卑不亢，他从没有因为有一个调皮的孩子而羞愧。

十三岁，他迷恋上了武术，开始利用一切空闲时间来学习。十六岁，他为了替班上的女同学讨回公道，对一帮混混大打出手，伤了两个人，他也因此被勒令退学。他决定到美国去求学。父亲指着他房间里的大沙包说："你什么时候能在一分钟内把它打破，你就能走。"他惊讶地张大眼睛。

"是的。一分钟。"父亲微笑说，"对别人说也许要用一辈子，但你只能用一分钟。因为你与众不同。"

父亲的话他牢牢记在心里面。接下来的时间，他开始疯狂地训练，因为他知道，他的人生命运，将在一分钟内决定。

三个月后，父亲给他换了一个新沙包，并在一边按下了秒表。一拳，

又一拳，他几乎使尽了全身的力气。最后一记重拳，沙子砰的一声向外倾泻。

他成功了，十八岁那年，他如愿以偿地来到了旧金山，攻读哲学心理系。

三十岁，他回到香港，进入了香港电影圈。虽然他卓绝的武艺赢得了很多人的一致好评，但在电影界，他还只是个新人，他所能做的唯一工作就是跑龙套。

次年三月，好友将他引荐给大导演罗维。罗维早就听说了他在美国的种种事迹，对这位才华横溢的年轻人非常欣赏，有心让他担任自己的新电影的男一号。

但是罗维导演的决定，遭到了大家的一致反对。毕竟这是一部凝聚了大家数年心血的新作，却让一个名不见经传的新人担任主演，大家都接受不了。

为了说服大家，罗维只好通知他来公司。"你需要多少时间来参透剧本？"罗维问。他以少有的严肃而认真的口吻说："一分钟。"他的回答令所有人感到惊讶。他接着说："这事儿是这样的，对别人来说或许需要几周的时间，但我只有一分钟的时间，我的父亲曾经教导我，要想有出息，就必须把别人的一分钟当成自己的一辈子来慎重对待。"

接着，他拿出一个秒表，开始计时。一分钟后，他来了一段即兴表演，虽说内容有所出入，但他却把郑潮安这个人物的性格演绎得活灵活现。

他就是李小龙，这也是他自美返港拍摄的首部影片——《唐山大兄》。影片上映两周就创下了两百万港币的票房收入，这在香港电影史上还是第一次。

态度认真，言谈谦虚而自信，这就是李小龙的处世哲学。平心而论，

一分钟和一辈子差距何止千万倍，但只要把每一分钟都当作能改变一辈子命运的一分钟来慎重对待，那还有什么事情不能完成，什么抱负不能实现的呢？

在生命之弦上跳舞

王国民

他本来拥有一个很幸福的童年，可是五岁那年，一个交通意外，让他的左手变成了残废，然而这还只是噩梦的开始。由于医生的误诊，他的另一只手在三个月后也出现了萎缩的现象，去过很多医院，医生们说要是在三个月前还有希望，可现在他们也爱莫能助了。

那一刻母子俩哭成了泪人。

六岁时，他已经不能用手吃饭了。他开始拒绝进食，母亲不知安慰过多少次，他都不听。他哭着问："妈妈，我的手呢？我的手在哪里？"母亲难过地转过身，她不知道怎么去安慰这个受伤的孩子。

周末那天，公司本来加班，她请了假，带着孩子去了郊外的墓园。在几个孩子的墓前，他们停了下来，她轻轻念着上面的文字，听着听着，儿子的眼睛就湿了。

她问儿子："你有什么感受吗？和他们相比你觉得自己幸运吗？"儿子重重地点了点头。

儿子终于接受了现实，他开始学着用牙齿咬筷子，一次次失败，但他从没放弃。努力不会白费，一周后他不需要母亲喂他吃饭了。再一周后他进了附近一所重点学校。他是这个学校唯一的残疾人。

在学校里他付出了常人难以想象的艰辛，由于没有双手，很多事情他都是靠牙齿和双脚来完成的。一张简单的试卷，同学们半个小时可以完成，他却要花一个小时甚至三个小时的时间，饶是如此，他却从没放弃。期末考试，他照样拿奖学金，他甚至报名参加了全市的创新作文大赛，因为时间的限制，他没能完成作文，但他也心满意足了。

他一直梦想自己能成为一名画家，可是这项艺术连常人也颇难驾驭，何况是一个失去双手的孩子呢？他征询母亲的意见，母亲义无反顾地支持他。看到母亲脸上自信的微笑，他放心地笑了。

他想跟本市最著名的一名画家学艺，可这个画家要求很严，母亲几次去求情，画家都答复，用自己的作品来说话。他有些丧气了，母亲请假待在家里，专程教他作画。一天，两天，三天，他的牙齿都咬出血了，可还是不像个样子。母亲说："明天你什么也不要管，心里只装着画就行。"儿子半信半疑地点点头。

第二天，前来面试的人很多，画家只能从中挑选三个。轮到他上来的时候，下面的人都抿着嘴笑了，想想也是，一个双手都没有的人来学画画，不让人笑掉大牙才怪。可是他不管，那一刻他的心里只有画，就这么静静地画着。当他把画举起来的时候，全场的人都静了下来，没有人嘲笑，只有惊讶和佩服，片刻后场中掌声雷动。

他就是梁晓庆，著名的残疾人画家，他的故事被很多人传诵。现在他在重庆办了一个残疾人画班，他立志要让所有喜欢画画的残疾人都实现这个梦想。

当你的生命遭受滑铁卢的时候，你是否还有坚持的勇气呢，当你在一次次努力都看不到回报的时候你是否还能静下心来呢？

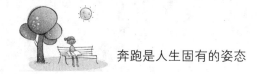
疼痛是成功必需的一步

王国民

她出生在湖北一个普通的农民家庭里。几乎和所有同龄人一样，在她刚学会走路的时候，母亲就买来一大堆玩具让她挑选，结果她毫不犹豫地拣起了足球。这让本来就是体育迷的母亲惊喜万分。

父母决定把她培养成一名足球运动员。然而事不如人愿，他们很快发现，女儿在足球运动上的笨拙让他们感到了失望。

尽管营养跟上了，但她依然比同龄人个子小多了。六岁时，她还是不能把足球踢进球门，更别说带球和玩假动作了。同龄人都笑她是个白痴，一辈子都只能和失败打交道。她感到很自卑。说实话，她也努力过，但收效甚微。尽管如此，她还是坚持锻炼，只为了能在同伴前能抬一回高贵的头颅，可最终她还是失败了。

一次偶然的机会，黄石业余体校的校长到家里来玩。在目睹了她做的一些基本动作后，他立刻被眼前这个小个子女孩吸引了，忍不住走过去，教了她一套简单的体操动作，不料三分钟后她就能练得娴熟无比。校长直夸这是一棵好苗子，如果可以，他希望能把她带回去。这让本来已经绝望的父母感到既惊喜又迷惑。这个教了三年却连足球都踢不进球门的孩子在体操上能有所作为吗？

抱着试试的态度，他们还是同意了校长的请求。

第一次享受到了成功的喜悦，她在学校里表现得异常刻苦。尽管每次比赛成绩并不如意，但她没有失望，她执着地相信，总有一天她能实现自己的梦想。

1999 年，她加入湖北省队。教练说，虽然她的基础不是太好，但是她有很好的身体条件，挖掘的潜力非常大。

因为有教练的期望和鼓励，她克服了自卑，表现得异常努力。每天晚上，队员们就寝后她还留在体操训练场上继续训练。

她的努力没有白费。在 2001 年入选国家队的比赛中，她的执着与顽强感动了所有的教练。

她成功入选了。

来到国家队后，她最喜欢的事情莫过于到马燕红、樊迪、罗莉、莫慧兰等明星笼罩下的中国体操队的冠军墙下去看看。每次她都久久不肯离去，她对墙发誓，她一定要闯出一番轰轰烈烈的事业来。她的命运只能由自己来主宰。

她深知自己在跳马和平衡木上的欠缺，所以她练习得越发刻苦，一次次摔倒，一次次又爬起。

2003 年的亚洲体操锦标赛，她第一次出征大型运动会，结果一鸣惊人，一举摘得跳马和自由操冠军。2004 年，她再次奉命出征雅典奥运会。尽管此时的她成绩骄人，但在范晔、张楠等光环笼罩的明星选手的映衬下，她并不起眼。

她在奥运会上毫无建树，这让她感到很失落。回到家后，她整整一周没有走出房门。母亲开导她说："傻孩子，在体操这个高手云集的场地，

你要真想成功，就只能走自己的路。"

回到国家队后，她向跳马史上最难的动作发起了进攻：踺子后手翻转体一百八十度接前直空翻五百四十度。训练是残酷的，因为上马后要使用后马翻，她根本无法看到马鞍，只能凭自己的感觉。开头的那几天，她几乎天天都要受伤，最严重的一次是整个人都贴在了马鞍上，她在医院里整整躺了半个月，她被告知至少要休养半年。然而，还没等所有人反应过来，她就悄悄溜回了训练中心。

很多人都觉得这样的事情像天方夜谭，但是她做到了。她的痛没有白受，她的汗没有白流，在墨尔本举行的第三十八届世界锦标赛上，她以这套高难度动作一举成名。

她就是被评为 CCTV 体坛风云人物 2006 年度最佳女运动员的程菲，女子体操的领军人物。她的这套动作，被国际体操协会命名为"程菲跳"，这也是第一次以中国选手名字命名的女子跳马动作，从此开启了程菲在这个项目的垄断地位。2006 年的丹麦，她再次夺得跳马和自由操比赛的冠军，这同样也是中国女子体操历史上的第一次。

2007 年世界杯，她摘得四块金牌。当记者问她现在有什么想法时，她突然哭了。

多少年来，她没有哭过。被人嘲笑没有哭过，摔伤住院没有哭过，成功夺冠没有哭过，可是这次她哭了。

她说，如果能有机会得到奥运冠军，她一定要把奖杯送给父母，然后谢谢父母这么多年的爱和支持。

从选择体操的那天开始，她就明白，所有的幸福都要靠自己打拼，所有的疼也都要自己独自承担，而她，历经十二载，终成大器。

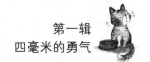
没有一种成功是可以必然实现的，程菲最后说道，但是只要你敢于放弃你不能的，敢于去坚持你所选择的，努力和艰辛就能得到回报。而为了做到这一切，你先要明白，疼痛，是成功必需的一步！

每次危机都是转机

袁海燕

那时，他只是个普通的少年，在一个普通的中学里读书，成绩也普普通通。课余时间，他最大的爱好就是和一群志同道合的同学踢球。

他对自己也从没抱任何希望，就在他准备辍学的那年寒假，同学突然带来一个好消息，说市体育局正在选拔一批少年球员。一心想当球员的他有些蠢蠢欲动。

但摆在面前的难题是，他们连一套像样的球服都没有，更别说对他们来说昂贵的报名费了。为了改变自己的命运，也为了证明自己行，他和另一个同学去拾荒，经常是深更半夜出去，月没群山而回。三十多个日日夜夜过去了，他们终于用自己的双手赚回了报名和买衣服的费用。

就在准备去报名的那天早上，他们被学校的保安拦截了下来，原因是一个老师的房间遭贼了，丢失钱财无数。而他们身上那三百多元无法说明来历的钱，让他们百口难辩，更糟糕的是，所有的人都怀疑是他们偷的。最终连父母都不相信他们，只有他们的班主任信，说决不相信他们会那样做。拉着老师的手，他留下了感动的热泪。

最终事情的处理结果是，他和另一个同学被留校察看一年，并赔偿了老师的所有损失。

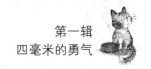

赔偿的钱，是班主任代出的。

不久后，他的同学因忍受不了各方面的压力，辍学了。他也动摇了。班主任来找他，语重心长地说："孩子，我希望你能勇敢地走下去，虽然会很苦，可只有坚守，才能等到春暖花开啊！"

他就一直坚持着，抬着头尊严地活着，只为证明他从没偷过，也为了班主任对他的信任。

六年后，他以全市最高分，考上了清华大学。后来，他去美国留学。再后来，他已经是市里最年轻有为的局级干部了。

班主任七十大寿那天，他带着全班同学去了。谈及当年往事，他仍忍不住激动地说："如果不是当年那次危机，我也许会和很多同龄人一样，最终与泥土为伍，是您的信任让我有了坚持下去的动力，也才让我的人生，从此与众不同。"

此后的每一年，他都会带着大包小包去看班主任，尽管此时，老师已白发苍苍，他却丝毫不减对老师的尊敬和感激。

……

是啊，人一生总会遇到各种各样的危机，每次危机都是一次新的转机，只要积极对待，勇敢面对，也许一次机会就能改写你的命运。

奔跑，是生命固有的姿势

聂伟

在辽阔的南美洲大陆，生活着一只瘸腿的美洲狮和它的两只小美洲狮。由于年幼时左前腿被其他狮子咬伤，它的生活因此变得异常艰难起来。

因为捕食的成功几率大大减少，美洲狮不得不每天都为捕食而忙碌。一边照顾自己年幼的宝宝，一边坚持不懈地寻找猎物。有一次，好不容易看到了一只在河边喝水的猫鼬，美洲狮以迅猛惊人的速度扑上去，却因重心不稳，一下摔倒在地。但它并没有气馁，爬起来，调整姿势，继续追赶。很多时候，它绞尽脑汁所得到的食物，并不能满足自己和小美洲狮的需要。美洲狮就趁小美洲狮啃食的时候，独自走开，最后才来吃残肴剩羹。

让小美洲狮健康长大，已成为了美洲狮唯一的心愿。但危机四伏的草原上，到处都是致命陷阱。年轻的美洲狮只好带着小美洲狮，不断转移，不断寻找新的食物源。

每到一个新的地方，美洲狮首先都要应付来自其他狮虎的恶意挑衅，伤痕累累的它曾一次又一次撤败下来，但看见两只小美洲狮期盼的眼神，美洲狮又会不顾一切地冲上去，直至将敌人赶跑。

当小美洲狮年纪大一点，美洲狮就开始训练小美洲狮捕食。于是，人们经常看到，在辽阔的大地上，三只美洲狮一前一后，拼命地追逐着前面

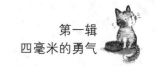

的猎物。其中有一头，不断跌倒，但又不断站起来，它从来就没有沮丧这个概念。

这是多么悲壮的一幕，没有人知道是什么支撑它一直向前奔跑，但当看到这一幕，所有的人都肃然起敬。

我还听到生命科学院的苏珊·雪尔兹博士所讲述的一个经历，说他在草原上曾亲自见到两头饿得发狂的美洲豹，将目标锁定在它的小美洲狮身上，年轻的美洲狮并没有选择逃避，而是以鲜血捍卫了自己的领地和小美洲狮的安全。

当它筋疲力尽地倒在了地上，两只小美洲狮立即爬上去，小心地给母亲清理伤口，动作温柔而又细致。那种真情呵护，有时连人类都自愧不如。

第二天，美洲狮带着它的小美洲狮，又精神抖擞地奔跑在辽阔的平原上。仿佛它们的生活就是奔跑，目的，也是奔跑。这只美洲狮，因为有爱，它的生命旅程，始终不曾孤独。

这只美洲狮，是值得我们人类为之致敬的，因为，在它的内心深处，任何困境和挫折，都无法阻挡它追逐梦想的脚步，它把自己的一生交托给了大地。于是，从出生到死亡的那刻，它都没有停止过脚步，因为奔跑，才是它保持旺盛生命的唯一姿势。

我爱你，胜过一万句我能干

聂伟

李书福出生于浙江台州的一个贫困山村，虽然穷，但从小他就受着良好的家庭教育。

童年时候的李书福，最喜欢的事情莫过于把捡来的电器拆了又重装。十岁那年，家里刚装上电灯，兴奋的他立马拿着自己组装的录音机去调试，结果造成短路。李书福原以为自己会被大骂一顿，没想到父亲却拿着煤油灯，和他一起忙碌着。在这种自由而宽容的教育里，幼年的李书福萌生了一个伟大的理想，那就是，做大老板，成为人中之龙。但他的理想却遭到了同伴们的鄙视，他甚至得了一个少年狂人的称号。

高中毕业后，李书福拿着父亲给的一百二十块钱，在景区做起了照相生意。但他志不在此。一次偶然的机会，李书福惊奇地发现，家乡地区的冰箱零部件销路很好，他立即联系了几个志同道合的同学，合办了一个冰箱配件厂。

因为客户资源有限，工厂发展举步维艰。为了调整经营方向，一年后，李书福做了一个大胆的决定，那就是生产电冰箱。凭着过硬的质量和诚信，产品逐渐打开了市场，五年后，产值已经超过千万。

但危机接踵而至，1989 年，国家对电冰箱实行定点生产，工厂该何去

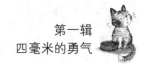

何从，不同的人有不同的意见。有一次，工厂上层召开会议，商讨未来发展方向，有的人提出进军餐饮业，有的人建议去造摩托车，但这些建议最后都遭到了否决。李书福最后提出了南下战略。

"南下，有可能会全军覆没。"很多人这样劝他，但李书福有自己的打算，他心里甚至有一个成熟的汽车梦，他决定先去大学里充电。

就这样，李书福只身来到了深圳大学深造，在读书期间，他购买了一辆中华牌轿车，在技术员的帮助下，他甚至将汽车拆了又重装，至此，一个造中国自己的汽车的构想在他心里正式形成。

但进口装修材料的火爆，打断了他的想法，他决定先回台州创业。不久之后，他的工厂生产出了中国的第一张镁铝曲板。

李书福并不是一个安分的人，当看到海南房地产火爆，他的心又蠢蠢欲动了。有人劝他："房地产很可能只是个泡沫。"但一心想为将来发展积累财富的李书福，决心还是去试一下，为了保险起见，他只带走了公司一半的资金，结果差点血本无归。

从海南饶了一个圈，李书福又回到了台州，在长达三个月的冷静思考下，他正式提出了造汽车的构想。只是在 20 世纪 90 年代，汽车行业还没向民营企业开放，许多人觉得此举风险太大。

"现在没有开放，并不代表将来不开放。我们干大事，就是要从别人没做的地方开始，要有市场前瞻性。"李书福说。

接着他用国外汽车发展的经历，进一步论证了中国汽车行业发展的美好前景。

"我们如果现在不做，等汽车业在国内成熟了，再去做，就失去市场优势了。"

　　这番话引起了在场所有人的思考，经过讨论，公司决定进军汽车行业，在浙江临海经济技术开发区建了八百五十亩生产基地。李书福给他的汽车取了个很好听的名字——吉利。

　　2001年，李书福的吉利汽车正式登上了国家经贸委发布的中国汽车生产企业产品名录。在这之后的几年，李书福用心经营着自己的事业，销售业绩年年翻番。他还一直用爱心温暖着他的员工，同比其他民营企业，吉利员工鲜有跳槽的。正是有这么一支战斗力和创新力极强的队伍，李书福才敢在2002年充满充满豪情地说："终有一天，我们要收购世界名牌沃尔沃。"

　　之后连续几次碰壁，但李书福并没有气馁，他一方面想方设法跟福特公司进行接触，另一方面通过不断参加美国的车展来证明自己的实力。事情终于有了转机，2009年，李书福带了近二百人的谈判团队，走到了谈判桌上。

　　2010年3月28日，福特公司最终摈弃法国雷诺汽车集团，和李书福签下了收购协议。中国人以百分之百的控股，成为顶级品牌汽车沃尔沃轿车公司的老板。消息传出，举世瞩目。

　　在其后接受记者采访时，李书福透露了其中的一个细节，在谈判最艰难的时候，对方要求他用三个字说明，为什么吉利是最合适的竞购者。李书福回答了："我爱你。"就是这三个字的表白，最终彻底改变了历史。

　　当谈及对年轻人创业的启示时，一向幽默风趣的李书福突然严肃起来，他说："我鼓励年轻人创业，但我认为创业是一个很难复制的词，所以眼光必须有前瞻性，其次就是脚踏实地做实事，最后一点尤为重要，要用一颗有爱的心，一句'我爱你'，胜过一万句'我能干'。"

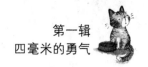

不因为拒绝而停止前行

王国民

他从小就立志做演员，拍电影，当明星。二十三岁那年，他在迈阿密大学开始写剧本，写了整整七年。这期间，很多听说他梦想的人都嗤之以鼻，有的人甚至还嘲笑他是疯子。只有母亲开导他，劝慰他，并且义无反顾地支持着他。

母亲经常对他说："这么美的世界，有梦想怎么能不去追逐？等你老了，生命到头了，再后悔已没有任何意义了。"就是这句话，让几度徘徊、气馁、退缩的儿子义无反顾地选择了向前，他甚至牺牲了一切休息时间，全心投入到他的剧本创作中。

二十八岁生日那天，他起得特早，回来的时候手里多了一张地图，那上面有好莱坞五百家电影公司的详细地址。他根据自己的实际情况，详细划定了路线和名单顺序。

他准备好一切，带着这些年省吃俭用存下的钱，出发了，尽管他身上的这些钱，加起来还不足以买一件像样的西服。

他带着自己写好的量身订做的剧本一一前去拜访，为了赶时间，他甚至都没有时间去吃午餐，一家完了马上又去另一家。就是这样的坚持不懈，第一遍下来，五百家公司却没有一家愿意聘用相貌平平且咬字不清的他。

面对早已预料的结果，他没有灰心，从最后一家电影公司出来，他又走到了第一家电影公司的门口，开始新一轮拜访与自我推荐。

虽然，很多老总很佩服于他的毅力和胆识，但两周下来，仍然没有电影公司愿意接受他———一个想当主角的平凡人。

他仍然没有放弃，在第三轮的拜访中，他脸上的表情仍是不卑不亢，他没有因为自己是重复登门而感到羞愧。

他此时只有一个信念，那就是以自己的努力去敲开命运的大门，哪怕是只有万分之一的机会，也决不放弃。

然而，第三轮拜访依然无果而终。他问母亲："我需要继续吗？我不甘心失败。"母亲坚定的回答，再次鼓舞了他。他再次从最后一家跑到了第一家电影公司的门口，尽管汗珠顺着额头一点点淌下，他也全然不顾。

终于在拜访到第三百五十家时，老总破天荒地答应让他留下他的剧本。

几天后，他被邀请到电影公司详谈，之后，一部以他为男主人公的电影正式开拍。这部电影的名字叫《洛奇》，而这个创造奇迹的人名叫史泰龙。

2009 年，在他五十三岁生日上，史泰龙百感交集地说："是母亲从小就教导我不松手，不放弃，所以我时刻谨记着，我所做的一切都是在证明给自己看，我要活得精彩。人生没有财富和青睐不要紧，只要肯努力，谁都可以创造奇迹。"

上帝也青睐爱的呼吸

王国军

　　兹韦列夫是个旅行家，他最大的梦想就是到中国新疆玉龙喀什河进行漂流。他认为这是漂流史上一次史无前例的壮举，为了这个梦想，他用了整整三年时间，联系了另外五名志同道合的人。在做好了充分准备后，他认为时机到了。

　　带着充足的装备，在向导的引领下，他们来到了河水上游的红滩。兹韦列夫给女友奥莉打了一个平安电话后，他激动地宣布，创造历史的时刻即将来临。

　　但是没料到，漂流四天后，在一处深Ｖ形河面，他们的两只皮划艇遭到了严重撞击。为了活命，他们只得跳水，奋力游出回旋区，在河的下游上岸，但是兹韦列夫很快发现，除了贴身的物件外，他们已经是两手空空。比这更恐怖的是，有两名队员被旋涡吞噬，不见踪迹。

　　他们试图呼叫和寻找队员，但很快他们发现，这只是徒劳。

　　此时，他们身处在海拔五千多米的无人区，白天温度可达30多摄氏度，夜晚则为零下5摄氏度以下。恶劣的环境再加上缺衣少食，把他们逼到了绝境。稍作商量之后，他们决定继续往前走，虽然不知道前面会有什么危险，但至少比留在那里等死强。

艰难行走一天半后，他们很快发现，仅仅只是向前推进了一小段，仅在一处三百五十米长的陡坡上，就耗去了将近三个小时的时间。没有食物和水。在最艰难的时候，除了靠信念，别无所托。累了，他们相互抱在一起；渴了，喝口冰冷的河水；饿了，还是冰冷的水。他们不敢乱吃，有时见到河边零星的小草，也强忍欲望，迅速走开。其余的时间，他们都坚持不懈地往前走。

出事后的第三天，他们终于找到了两只皮划艇和死去的两名队员。皮划艇中还有少量的东西，在匆忙用餐之后，他们为死去的队员举行了简单的葬礼，然后坐上皮划艇，向下漂流，希望能走出这片死亡之区。

但不幸的事再次发生，同样是一处深V形水面，四人的船再次被旋涡倾覆。兹韦列夫侥幸爬上岸，再看其他人，已不见踪影。为了寻找失去的同伴，兹韦列夫顺着河流而下，但无果而终。万般无奈之下，他只得继续往前面走。

此时的兹韦列夫，只穿着风衣和一件单衬衣。行走多日后，球鞋已经被磨得布满破洞，面目全非。但他依然不屈不挠地向前走，直到找到一个深约十米的山洞。他犹豫了，因为他知道，凭他现在的状况，根本不可能走出这片不毛之地，还不如躲在山洞，静待救援队伍的到来。他看了一下表，此时与接应他们的伙伴约定的时间已经过去一天，相信他们早已报案，现在他需要做的就是保持体力。白天，他就跑到外面晒太阳，晚上回到山洞避寒。尽管如此，躺在石头上依然冰彻透骨。每一天，他都仰望着天空，希望奇迹能出现，但是，他的处境却是越来越糟糕。

饥饿、寒冷、孤独，消瘦下去的兹韦列夫开始想到死亡。时间又过去了一周，兹韦列夫再也坚持不住了，他崩溃了，他想到了结束自己的生命。

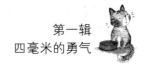

在那个飞沙走石的夜晚，冷得难受的他，摸出了女友送他的水果刀。"砰"的一声，硬物坠地，兹韦列夫弯身拾起来，并把它打开，一串熟悉的声音便萦绕耳边："亲爱的，你一定要加油，你能行。"他想起了，这是一年前，他们在参加交谊舞前，女友录在 MP4 里的话。

兹韦列夫哭了，女友的声音在心底里激发了他活下去的勇气。他发现，自己活下去的意志竟是这样顽强。他把 MP4 紧紧抱在怀里，他告诉自己，一定要活下去，只有活着，才能和女友办一场难忘的婚礼。

接下来的几天里，他每天都要听一听女友的声音，每听一次，他就感觉活着的勇气就强了一分。这声音，一直陪伴着他发现直升机的刹那。

他成功地得救了。他也成了新疆海拔五千米无人区里第一个在艰苦环境下单独生存二十五天的外国人。医生仔细给他检查后，惊奇地发现除脱水与营养不良外，他的生命体征一切正常。很多人都说这是不可思议的事，但是他做到了，他成了漂流者们心中当之无愧的英雄。

在获救的第三天，女友从莫斯科赶来。面对蜂拥而至的媒体，他掏出 MP4，激动地说："我能活到今天，都是因为它，是它给了我活的力量和勇气，因为我知道：上帝也青睐爱的声音。"

至少我还可以做梦

王国民

他从小在表演方面很有天赋。父亲为了培养他，在他三岁的时候，让他师从人民艺术剧院的叶子老师学习话剧。然而，此时他已经感到身体的严重不适，为了不中断求学之路，父亲给他带了很多药，吩咐他，每当身体疼痛的时候，就吃药。

六岁时，他参加了南京市举办的一场少儿话剧大赛，以六个评委全部满分的骄人成绩摘得冠军。下台的那一刹那，父亲抱着他激动地哭了。

就在大家都以为他从此会在艺术的道路上一帆风顺时，他却倒下了。因为严重的小儿麻痹症，他站不起来了，上学，也只能用四条腿的板凳当拐杖。那段时间，他心情郁闷到了极点。他一度对父亲说，他不想读书了，觉得太累了，光是从学校到家的那段并不遥远的路程，他就需要比常人多花上两倍的时间。一次，父亲来接他，发现他颓废地坐在地上。问他怎么了，不吱声；问他是不是被同学欺负了，也不吱声。坚强的父亲，看着孩子被灾难煎熬成这个模样，忍不住泪流满面。

为了能让他像别的孩子一样健康成长，父母从来都没停止过寻医问药。这年夏天，父亲终于在北京联系到了一家医院，得知儿子有望康复，心急的母亲连夜带着孩子赶到了北京。

　　他如愿地躺到了病床上。医生说，由于他的病情非常严峻，需要做脚弓展开手术。一根脚趾做一次手术，由于要把每根脚趾上的筋全部展开，手术难度大，异常复杂，痛苦的程度也可想而知。第一次手术在住院后一周进行，虽然打了麻醉剂，但他还是痛得死去活来。更要命的是，术后的疼痛一直伴随着他，尤其是晚上，几乎彻夜难眠。但为了自己的表演梦想，他咬牙坚持着。两个月后，他和父亲再一次来到医院，进行第二次手术。依旧疼痛，钻心透骨地疼，他在手术台上几次昏死过去。当医生把他从手术室推出来时，父亲看着他憔悴的样子，再一次忍不住哭了。两次手术后，他人已整整瘦了一圈。父亲心疼地说："昕儿，我们回去吧。不做手术了，不管你今后变成什么样子，爸爸都会为你自豪，爸一辈子都会陪伴着你，不离不弃！"他却坚定地说："爸爸，做！做了，至少我还可以做明星梦，不做，我什么希望都没有。"

　　给他主刀的医生闻讯也走了过来，摸着他的头，说："孩子，你很勇敢，可是接下来的手术，难度更大，痛苦也更大，你能挺住不？"他毅然昂起头："只要这个腿病能好，能让我有做梦的机会，我就不怕，多疼我都不怕。"接下来的手术，难度和痛苦是可想而知的，但他一直忍着，咬穿了几床棉被，却始终没吭声。

　　手术完成的第二个月，他被告知，有一个大型的诗朗诵比赛，他毫不犹豫地报名了。而这个时候，他还需要拄着双拐。为了尽快使自己康复，他给自己定了一个残酷的训练计划：早上上学，他故意把重心放到有病的脚上，用做过手术的脚，使劲往前蹦。中午，别人休息，他就带着篮球去球场。

　　很多同学听说他自强不息的故事后，也不再嘲笑他了，而是帮他一起训练。虽然，坚持每一分钟，都会那么吃力，同学们也劝他休息，但他不听，

他此时只有一个信念，那就是丢掉拐杖。他咬牙一下一下地练习，汗珠顺着额头一点一点淌下，也全然不顾。

比赛如期而至，当他扔掉拐杖，自如地站在台上时，他立即成了所有人关注的焦点。而当他朗诵完毕，台下掌声如雷，同学们把他高高举起，他虽然没有夺取名次，但却成了大家心目中的英雄。

他就是中国著名话剧、电影演员濮存昕。在回顾成长之路时，他百感交集地说："当我在成长中最困难、最想放弃的时候，是梦想点燃了我的希望，让我明白，如果我好了，至少还有做梦的机会。我一步步地坚持，一步步地生活着，我坚持下来了，所以我成功了。"

人生总有取舍

王国民

她早年在非洲生活，家境贫寒。为了生存，她当过电话接线员、保姆、速记员、餐厅清洗工。一日所得，都不能养活自己，但为了理想，她毅然选择留了下来，积极投身于反对殖民主义的左翼政治联盟运动中。

她没有受过正规的学校教育，二十岁那年，她才有幸在一所培训学校里读了两年中文，但这丝毫没有影响她对文学的热情。

1949 年，她和丈夫离婚，带着两岁大的儿子来到英国。此时，她囊中羞涩，为了支付租金，她不得不把仅有的家当——一本还没完成的小说草稿拿来典当，但被老板委婉谢绝了。她不得不流落街头，最后被一位好心人收留了一个月。就是这一个月的时间，让她得以静下心来完成作品，最终《青草在唱歌》的名字出版并一炮而红。从此她一发不可收拾，不仅完成了五部曲《暴力的孩子们》，且完成了代表作《金色笔记》的创作。她的写作面特别广，除了长篇小说以外，还著有诗歌、散文、剧本和短篇小说。她每天都坚持写作，即使到了八十岁高龄，这一习惯也没有改变，上午三个小时，下午两个小时。

她就是英国著名女作家，被誉为继伍尔夫之后最伟大的女性作家，并多次获得世界级文学奖项的多丽丝·莱辛。2007 年，她一举击败美国作家

罗斯、以色列希伯来语作家阿摩司·奥兹、日本作家村上春树获得诺贝尔文学奖。

　　她的成功被认为是理所当然的。当听到中国很多作家在五六十岁就封了笔，她立刻惊讶得说不出话来。"这简直不可思议，"她不假思索地说，"过去我太忙，写作时间太少，现在退休了，我终于可以把未完成的心愿给完成。人生总有取舍，我的时日已经不多，所以我必须加倍努力。"在外人看来，到了这种境地，莱辛的话多少有点感慨年华易逝的无奈，但她对成功和人生的感悟却是出自肺腑，毫无做作之意。

　　"人总要学会取舍。只要能动，我就会毫不犹豫地坚持我的理想。"最后她说。

　　莱辛说的这番话，让人感触颇多。记得卡耐基有一句名言："最重要的是，不要去看远处模糊的，而要去着手清楚的事。"但我想，当我们的生命遭受滑铁卢的时候，当我们在一次次努力都看不到回报的时候，我们是否还有坚持的勇气呢？人要学会取舍，需要一种理性，更需要一种态度，一种昂首向上的态度。

第二辑
你不能总在原地踏步

  人的一生是一滴顺流而下的水滴，那么承诺和道德无疑是它前进和流淌的方向，是啊，就像杰米一样，用一生守护一个诺言。作为社会大家庭中的一分子，我们也要承诺做一个有道德的人，只有这样，社会才能和谐共进，假酒、毒胶囊才能与我们彻底远离。

你不能总在原地踏步

王国军

基思·鲁珀特·默多克出生于澳大利亚，父亲是当地著名的战地记者和出版商。在父亲的影响下，默多克早年就对新闻行业充满无限兴趣。伦敦读大学期间，默多克就到当地一家小有名气的报社做助理编辑，三年的阅历培养了他像鹰一样敏锐、变色龙一样务实。

默多克毕业之时，当地的《泰晤士报》以高薪向他伸出了橄榄枝。默多克兴致勃勃地去上任，却在途中接到电话，父亲所创办的报纸马上要进行拍卖了。

默多克意识到他人生的转变点到了，他立即回家掌管父亲的产业，不到一年的时间，报纸就实现了扭亏为盈。为了实现他的新闻王国之梦，默多克又果断地聘用从没有新闻从业经验的彼得·彻宁和拉里·拉姆担任公司高层，这让很多人都大跌眼镜。但深知赌场规律的默多克知道，他的公司缺的并不是平淡稳重的员工，而是拥有疯狂激情的人才。

在这种近似疯狂的管理模式下，默多克加快事业扩张的速度。在他人生的第五十个年头时，他已经控制了澳大利亚三分之二、英国的三分之一报纸发行量，此外，他还担任英、美、澳多家公司的董事长。

应该说，默多克成功了，他完全可以尽情享受他人生的辉煌时光了。

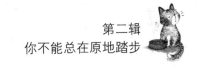

但是默多克并不甘心就在原地踏步。

他很快成立了新闻集团，并聘用有"疯狂的公牛"称号的罗杰·爱尔斯担任公司经理。

十年之后，他再度出手，在美国建立了他的电视传媒王国——福克斯电视网（FOX）。在互联网时代来临后，默多克立即和日本一家公司合办了专门拓展互联网投资的软银公司。

2005 年，他以 5.8 亿美元现金收购当时 MySpace 的母公司 Intermix Media，从而进军网络新闻博客及网络社交领域。2008 年默多克最终以五十亿美元成功收购道·琼斯，这让所有人美国人都在惊呼："狼来了。"

生活中的确常常是这样，取得成功其实并不难，难的是把成绩归零，重新开始。很多人都失败了，但有人的确成功了，正如默多克。他说："每当我站在一个成功的顶峰时，我就反复提醒自己不能总在原地踏步、故步自封，所以我只能勇敢再向前迈步。"

"你不能总在原地踏步"，多么切合的一句话，我想这句话不仅仅是一种言词，一种态度，更是一种心境，一种透满大智的习惯。

孩子，你先喝杯茶

赵晶

　　那一年，我读初三，哥哥读高一。家境原本就不好，加上我们哥俩读书，家底一下子就被掏空了。万般无奈的父亲听从别人的建议，拎着一个包走了，说是出去打工，其实是去一家地下工厂做事。

　　那时，我并不知道父亲干的是违法的勾当，只知道父亲从来都是晚上上班的，工作轻松，工资很高。

　　父亲每周都会来学校看我一次，在我手里塞上几张票子。父亲说："娃，我这辈子不图别的，只希望你能考个好大学，不再过脸朝黄土背朝天的日子。"我郑重地点了点头。父亲给的钱远远超过了我的日常所需，但我没乱花，积攒着准备将来上大学用。

　　我为父亲自豪着，我甚至想，等将来大学毕业了，我也选择和父亲一样的职业。然而，后来发生的事却如锤子一般重重击碎了我的梦想。

　　一个晚上，父亲刚走，在市区执法大队工作的叔叔就跑来找我。叔叔说："你爸爸是不是给你钱了？给了多少？拿出来。"然后趁着我发愣的刹那，拿钱就走。我扯住他不放："你凭什么拿我的钱？"叔叔恼火地说："这钱你不能用，用了会害你的。"我把拳头捏得紧紧的，真想扑过去和他拼了。

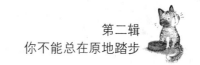

初中毕业后，我考取了市里最好的高中，当我拿着录取通知书回家时，父亲却出事了，是叔叔带人去抓的。工厂里其他人都跑了，就父亲老实，没跑。我听后气极了，有这样当叔叔的么？拿了把菜刀，我就往叔叔家跑。那一刻，我满脑子想的就是如何报复。

刚跑出门口，就被邻居杨老师一把拦住。他说："我不打算拖你，不过在你去之前，孩子，你先喝杯茶，好吗？"

说着，杨老师端来一杯凉茶，怒火中烧的我一口气喝光了，一股凉意直抵心田。我坐了下来，心也静了下来。仔细想想，叔叔平时对我们家照顾有加，他这么做或许另有苦衷。这么想着，我的怒火慢慢熄灭了。杨老师又语重心长地说："孩子，我知道你一直以你父亲为荣，出了这样的事，你一时无法接受，这是人之常情，可是你有没有想过，有些事情，你所看到的很可能只是表象。遇事不能冲动，让自己冷静下来，才能了解事情的来龙去脉。"

第二天，叔叔带着父亲回来了。由于父亲从事用工业酒精兑白酒的不法勾当，被罚了一千元，钱还是叔叔垫付的。

后来我读大学时，叔叔主动承担了我的学费，他告诉我，他真怕我走父亲的路，所以他不得不管。我在想，如果当初杨老师没有拦住我，现在的我会有怎样的人生？我从内心里感谢杨老师的那杯茶。

"卖天空"的欧丽文

胡慧

这几天，澳洲皇家飞行医生服务队的工作人员忙得不亦乐乎，他们每天都要把准备好的一个个标签推到市场上去，每个标签上都注明着一段距离，售价为五十澳元。如果你认为，这是新创意，恭喜你，答对了。这是在卖距离，而且不是一般的商品，是在卖天空。

这个创意来自于一个叫欧丽文的年轻人，欧丽文也是澳洲皇家飞行医生服务队的工作人员。一年前的一天，欧丽文和父亲一起来中国，亲眼见证了陈光标卖空气的过程。

"空气也能卖？"欧丽文惊讶极了，但仔细想想，新鲜空气正在成为一种稀有资源，为什么不能卖呢？一位工作人员告诉他："卖空气早在美国就有了，如今这个年代呼吸新鲜空气也正在成为一种奢侈的生活了。"一番话让欧丽文茅塞顿开，需要就是市场，陈光标可以卖空气，我为啥就不能卖天空呢？

回到澳洲后，他立马把这个想法告诉了家人，父亲被他这天马行空的想法吓到了，劝说他踏踏实实工作，不要想这些歪门邪道的事情了。父亲甚至说："他是名人，炒作也可以有市场，你算个啥？"但是欧丽文还是坚定自己的想法。

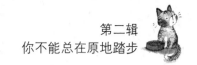

欧丽文做了调查，澳洲皇家飞行医生服务队每周飞行的航程达到一千平方公里，如果以每平方公里的天空为单位，就可以募集到一笔不菲的费用，还可以解决当前经费紧张的局面。

当欧丽文把这个创意说给一些赞助商时，不少人都表现出了浓厚的兴趣。有了客户的支持，欧丽文更有了底气，他立即写了一篇长长的申请，不出意料，申请很快得到了管理层的批准。

2013年10月，澳洲皇家飞行医生服务队正式启动了"卖天空"的活动，该组织的捐款者只需捐助五十澳元，就能以自己的名字为服务队航线上的一公里天空命名。

"卖天空"的创意推出后，整个澳洲的市民惊喜极了，热购的场面也引起了媒体兴趣，纷纷前来报道。不出三天，一千平方公里的命名权便被销售大部。剩下的产品，更是引价格暴涨了三倍。

"卖天空"的活动也让欧丽文名声大噪。凭借这个创意，澳洲皇家飞行医生服务队不仅募集到了当年的活动经费，他们还打算用剩下的善款捐建两所华人学校。

澳洲和英国著名的媒体都这样评价欧丽文："他创造了迄今为止最有创意也最成功的慈善活动。"

每一滴水都有它流淌的方向

王晓春

不管是面对爱情，还是现实生活，人都应该懂得去经营，用心去呵护好自己的承诺。

在美国加州一所贫民窟里，住着一个叫杰米的孩子。因为自小失去父母，杰米一直在孤儿院长大，所以给孤儿院的孩子开所学校，便成了他最大的心愿。杰米一直在为此事奔波着，但不少人劝他："你没钱又不认识几个人，几百万美元的资金从何而来？"

杰米决定去跟当地最有钱的富翁托比借钱。他写了一封热情洋溢的信，带着信，他敲开了托比的院门，却被管家拒之门外。管家告诉他，托比出国考察去了，消息他会传达，但要耐心等待。

之后的每一天，杰米都会去登门拜访。这让管家乔治感到十分困扰，在他看来，衣着凌乱，却一开口就要五十万美元的杰米无疑是个大无赖，终于无法忍受之下，他把杰米痛打了一顿。他以为杰米会知难而退，但第二天，杰米却拄着拐杖又来了。

乔治只好让杰米进去。在书房里，托比和他一席长谈后，托比决定答应他的要求，不过他也提出要求，希望学校办起来后，能收养更多的无家可归的人。

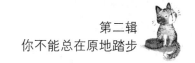

半年后，托比在意外中死去，捐款也就没了下文。

一年后，越战爆发，乔治和杰米都应征入伍，两人恰巧分在一支队伍里。在一次战斗中，为了掩护杰米，乔治壮烈牺牲，他给杰米留下的最后一句话就是："好好活着，别忘记了当年的承诺。"

从越战回来后，杰米成为了一名商人，但他一直没忘记自己的诺言，这些年，他所收养的孩子最多时已经达到了九十名。三年后，杰米因脑癌去世，在弥留之际，他把妻子和孩子布朗喊到旁边，语重心长地说："我这辈子唯一的遗憾就是没有办成学校，你们要答应我在你们有生之年，一定给我办成。"

这确实是个艰难的承诺。这些年收养孩子的生活费，基本耗光了杰米所有的家产，妻子粗略算了一下，学校的建造及其维持，至少需要 100 万美元。

为了筹集费用，杰米的家人开始到处借钱，社会上善良的人们也纷纷解囊相助，但即使如此，所需资金还差五十万美元。就在大家一筹莫展的时候，乔治的儿子吉姆带来了五十万美元。

时隔两年后，一所崭新的学校拔地而起。经过商量，校长和董事长分别由布朗和吉姆担任，也算是给在天堂的两位老人一个交代。

美国《时代》杂志曾经评价这所学校说："这是一所让人能学会感恩和尊重的学校，如果说人一生是一滴顺流而下的水滴，那么承诺和道德无疑是它前进和流淌的方向。"

断了退路，才有出路

马红丽

二十一岁那年，大学毕业的燕君芳决定放弃留校任教的机会，回家乡养猪创业。得知女儿的决定，年迈的父母坚决反对，村里人更是议论纷纷，有人说："燕家这女娃不会是在学校受什么刺激，变傻了？放着大学老师那么好的工作不要，硬是要回来养猪？"

面对乡亲们的议论和父母伤心的眼泪，燕君芳犹豫了。对于一个贫困的农村家庭来说，培养一个大学生可不是件容易事，她能够体会并理解父母的心情。当初为了供她读书，父母千难万难，指望着她能够走出小山村，过上城里人的好日子，现在自己却又要重新回到村里当农民，难道自己真的如乡亲们所说的那样变傻了？

"不，不是这样的。"燕君芳在心里对自己说，她想到了在西北农林科技大学读书的日日夜夜。四年大学生活，燕君芳在学到知识的同时，眼界变得更加开阔，她已经不是当初那个只想考上大学走出小山村的小姑娘了。她的心里有着更大的梦想，她要创业，要用自己学到的知识帮助家乡的父老乡亲彻底摆脱贫穷。

当然，在得知学校打算让她留校任教的那一刻，她是动过心。她知道，倘若自己选择了这条路，今后的生活会很安逸。可是，她更记得自己的梦想，

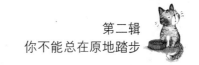

深知要想让自己的人生有所突破，有所成功，就必须切断自己的所有退路，逼自己一把。

在众人不解的目光中，燕君芳义无反顾地踏上了创业之路。她先是筹资3万多元在家乡办起一个饲料厂。起初，在品种繁多的饲料市场上，燕君芳的饲料根本无人问津。后来，细心的燕君芳发现，市场上所有的饲料外包装都是千篇一律的白色塑料编织袋，于是她别出心裁，将装好的饲料再套上红色的防雨布袋子。别致的包装、张扬的红色吸引了很多人的注意，销路迅速打开，凭借此她顺利赚取了人生的第一桶金。

2000年10月，猪肉价格下降，饲料生意受到影响，这使得燕君芳刚刚起步的事业陷入困境。看着积压在仓库的饲料，燕君芳想到了自己办养猪场，她从外地引进了一种瘦肉型猪。虽然猪肉市场不景气，但因为有充裕的饲料供应，相对于其他养殖户，成本较低，燕君芳的养猪场一度经营不错。然而，创业之路永远难以一帆风顺。2003年，一次因为配料工人的偶然失误，燕君芳养的小猪一夜间全部死光。这一次，给了燕君芳沉重的打击。

那段日子，燕君芳的心情低落极了，她第一次对自己的人生选择产生了怀疑，甚至萌生了打退堂鼓的念头。可是，人生哪有回头箭，平静下来的燕君芳明白，自己已经没有了退路。

痛定思痛，燕君芳发现自己的创业其实走了一段弯路。经过深思熟虑，她决定从提高农民的饲养水平、推广科学养猪技术，建设高标准的"安全商品猪养殖基地"入手，走产业化道路。但是，许多养殖户并不认可她，认为自己养了多年的猪，用不着再去学习。燕君芳毫不气馁，聪明的她想了一个办法，给养猪户发钱，一人上一次课十块钱，以此来激励养殖户学

习养殖技术。半年多时间，燕君芳跑遍家乡周边地区的每个村子，光给农户支付的"听课费"就达到五万元。课程结束后，愿意和她合作的生产无公害猪肉的养殖户也发展了两百多个。

养殖场的问题解决了，接下来就是猪肉销售的问题了。2004 年，燕君芳贷款在西安最繁华的地段开办了一家猪肉专卖店，并按约定将村民们养的商品猪回收，以专卖的形式出售。优质可口的猪肉得到了消费者的认可，专卖店的生猪肉销量日益增加。

经过几年努力，她创立的本香集团已拥有资产上亿元，发展成为集"饲料生产——种猪繁育——商品猪养殖——猪肉深加工——产品连锁专卖"为一体的完整产业链，旗下有三千多养殖户，拥有一百多家肉店。

回顾起自己的创业经历，燕君芳深有感触地说："许多人在做一件事情之前，通常会考虑给自己留条后路。其实，如果事事留有退路，也就意味着在事情还未开始的时候，就已经准备要承受失败了，那么成功的概率肯定小。当初我放弃在高校任教的机会，曾有人嘲笑我太傻，不知道给自己留条后路，其实，现在想来，正是因为当初的不留后路，才成就了今天的我。"

是呀，一个人要想成就一番事业，就必须心无旁骛、全神贯注地追求自己的目标。人的本性是懒惰的，当我们难于驾驭自己的惰性和欲望，不能专心致志地前行时，不妨斩断退路，逼着自己全力以赴地寻找出路。燕君芳的成功告诉我们，断了退路，不留退路，才更容易找到出路，也更可能获得成功。

积极，才能走出命运

马红丽

他是一个活泼、健康的孩子，每天都无忧无虑。然而，七岁那一年，一切都改变了。

那一天，他和往常一样背着书包去上学，教室在二楼，平时上上下下不知多少回了，可那天他刚上了两层台阶，就感觉两腿发软，使不上劲。后来，在几个同学的搀扶下，他才勉强上了楼。坐到座位上，他想把书包从双肩拿下，手也是软绵绵的，没有力气，书包一下子滑落到了地上。老师觉得奇怪，立刻通知了他的父母。

父母匆忙赶到学校，带他去了医院。诊断结果令父母悲痛欲绝，医生说他得了一种罕见的疾病，肌肉会慢慢无力，到十三四岁时可能无法行走。

尽管父母倾尽全力，带着他四处求医问药，依然没有办法阻止病情的不断发展。十三岁那年，他的双腿甚至两条胳膊都失去了知觉，从医生断断续续的话语中以及父母忧虑的眼光中，他对自己的病情有了更多的了解。想到自己一辈子都要与轮椅为伴，他号啕大哭。这一次，母亲没有过多的安慰他，任由他哭个够，等他再也没有力气哭了，母亲拿出了一本剪报，说："这是妈妈从报纸上剪下来的，你看看，或许对你有点用。"

他翻看着剪贴本：双臂只有十多厘米长，从小就被视为怪物的汤展

中，凭着坚强的毅力，坚持用脚练习作画，创作的作品多次获得大奖；法国人菲利普·克罗松，因触碰高压线，双臂和双腿都被截肢，但他每周坚持三十五小时的魔鬼训练，终于实现了做游泳健将的梦想……原来，自己远不是最惨的，还有这么多人和自己一样，承受着身体残疾的巨大磨难。想到这些年为了给自己看病，父母的艰辛和努力，再看看手中的剪贴本，懂事的他明白了父母的苦心。他暗暗下定决心，他也要像汤展中他们那样，勇敢地面对残疾，做自己命运的主人。

那一年，他刚上初中。几年来断断续续治病，让他的功课落下来不少。为了尽快赶上同学们，他废寝忘食，拼了命地学习。为了方便他上学，全家在学校附近租了一间简陋的民房。可是，由于四肢都已出现了肌腱挛缩，即使坐着轮椅，他自己要独立行动也非常艰难，因此，每天上学他都要由父母接送。平路上还好点，遇到上楼梯，父亲就背着他，先把他送上去，然后再去扛轮椅。在学校，他一坐就是一天。坐的时间太长，屁股都磨出了血泡。就这样，在如此艰难的条件下，他坚持读完了初中、高中。

努力总有回报，2012 年，他以高出一本分数线七十分的优异成绩考入一所重点大学。像他这样高度残疾的孩子，能考出如此好的成绩，其中的种种努力、所付出的心血和汗水是常人所无法想象的。当然这一路并不顺利，他的内心时不时会痛苦和挣扎，甚至想到过放弃。可是每当他想要放弃的时候，他就会想起妈妈常说的一句话，"没有人能救得了你，只有你自己。"是呀！既然命运给予自己的已经如此，那么，坚强地去面对它，才是自己命运的出口。

上了大学以后，他萌生了写小说的冲动。然而，写作并不像想象的那样容易。由于双手无法抬起，普通的电脑键盘对他的十个手指来说显得过

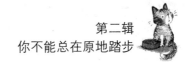

于宽阔，他根本无法在上面敲字。无奈，他想到了在手机上写字，但是即使这样，他也不能游刃自如，每写一个字都十分吃力，那种感觉苦不堪言。

无数个夜晚，当整个城市都已经沉睡，他坐在轮椅上，用两根拇指，艰难地"捏"出一个又一个汉字。就是在如此艰难的情况下，他以每天三千字的更新速度创作了一部名为《一叶倾城》的网络玄幻小说，并拥有了众多粉丝。没有人知道，这十八万字的背后，付出了多少的艰辛，那真是精神和体力的双重考验。

他的名字叫李可。当他的事迹被传开后，有人问他："命运待你如此不公，是什么支撑你坚持下来的？"他这样回答："命运给我的，我不一定要接受。因为我坚信，积极才能走出命运。"

是呀，生命有无数的可能，即使在命运战场中占了弱势，只要不抱怨，不放弃，积极进取，勇敢地去与命运搏斗，就一定能走出一片新的天地。

转身，成就更好的自己

马红丽

曾经，她是站在高高的领奖台上，集光环与荣誉于一身的奥运冠军；如今，她是淘宝网八百五十万个店主中的普通一员。从奥运冠军到淘宝店主，一次并不华丽的转身曾经让二十七岁的劳丽诗成为众多网友关注的热点。而时隔三个月，2014 年 9 月 19 日，作为阿里巴巴上市的特邀敲钟嘉宾之一，劳丽诗再一次吸引了众人的目光。

镁光灯下的劳丽诗心潮澎湃，尽管从小到大，登上过无数个领奖台，面对过无数的鲜花和掌声，然而，当得知自己将要代表几百万的淘宝店主来到纽约交易所，为阿里巴巴上市敲响神圣的钟声，她依然忍不住激动万分。虽然她的小店规模还很小，也才刚刚开张几个月，可是看到小店得到了越来越多的支持和关注，她由衷地感到喜悦，所有的困惑和迷惘在这一刻都烟消云散。

转身，让劳丽诗成就了更好地自己，并让她用另一种姿态站在了人生的舞台上。

2011 年 11 月，劳丽诗告别了涅十六年的跳水运动员生涯，回到家乡当了一名公务员。从六岁开始练习跳水，到十七岁在 2004 年雅典奥运会上夺得十米跳台双人冠军，再到之后由于种种伤痛没能入选 2008 奥运军团，劳丽诗清楚地知道自己作为运动员的最好状态已经过去，退役是必然的选择。最初，劳丽诗对于工作并没有过多的想法。然而，两年之后，劳丽诗有些厌倦了。日复一日缺乏创意的重复性劳动，让她感觉意志被消磨殆尽，人也越来越没活力，她想到了辞职。

得知她的想法，父母坚决反对。在他们看来，一个女孩子，有一份稳定的工作和收入，生活无忧，压力也不大，多好啊！辞职，这不是瞎折腾嘛！然而，劳丽诗铁了心，她不愿意就这样在平平淡淡的生活中度过一生。这样的生活，不是她想要的。

2013 年 11 月，劳丽诗正式递交了辞呈。消息传开，许多人都感到不解，有人甚至说，劳家这姑娘是跳水跳傻了吧，这么好的工作竟然给辞掉。父母对于劳丽诗执意辞职也一度感到失望，但已成事实，他们也就慢慢接受了。

辞职后的劳丽诗一度很迷茫，她在微博中写道，"我不知道自己想要什么，只是知道自己不想要什么。"对于她来说，做自己不喜欢做的事是一种痛苦，那么转身是必需的。然而转身过后，方向又在哪里呢？她不知道。看到女儿郁闷、纠结的样子，父亲很心疼。他建议劳丽诗出去散散心，调整一段日子再考虑接下来做什么。

听从父亲的建议，劳丽诗背上背包去了一趟云南丽江。徜徉在丽江的蓝天白云下，劳丽诗的心情也变得明朗了，而遍布丽江街头的各种银器店、玉器店、小饰品店更是吸引了劳丽诗的目光，特别是那些富有民族风味的手链、串珠简直让她爱不释手。

回家以后，劳丽诗把自己淘来的这些手工饰品拍成照片发到了微信朋友圈，没想到引来许多点赞，说她的眼光好，挺喜欢她的这些饰品，还有

人留言问她在哪能买到这些东西。看着朋友们的留言，劳丽诗的眼前一亮，多年前的梦想突然浮现在了眼前，"开一家小店，卖一些自己感兴趣、喜欢的东西，随心自在，这不正是自己想要的生活吗？"

起初，劳丽诗打算开一个手工饰品的实体店，考虑到实体店投资较大，劳丽诗决定先从网店做起。对于从六岁起就开始练跳水，跳了将近二十年的劳丽诗来说，开店可不是一件轻松的事，从注册、店铺设计、进货验收到沟通编程、买模版、找图定风格，每一个环节都是一个陌生的领域，需要她从头学起。那段时间，劳丽诗如饥似渴地学习相关知识，翻阅资料，向人请教，整个人都瘦了一大圈。

2014 年 6 月，劳丽诗的淘宝小店上线了。一石激起千层浪，得知昔日的奥运冠军辞职做起了淘宝店主，有人表示钦佩，也有人表示不理解感到惋惜甚至觉得荒唐。而劳丽诗却乐在其中，对于自己的转身，她一点也不后悔。虽然几个月做下来，很累，很辛苦，但是，她觉得充实、快乐，人生也有了方向。

有记者问劳丽诗："作为曾经的奥运冠军，为什么不利用这个资源去做做代言，这样不是可以更轻松些吗？"劳丽诗摇摇头，说道："荣誉已经是过去，我不愿意把自己寄托于奥运冠军的荣誉之上而生活。我只想转过身来，真正做回自己，做自己想做的事。"

对于未来，劳丽诗充满自信，她说等小店做到一定规模后，她将去尝试做其他不同类型的淘宝店。如果以后有实力了，她还要开实体店、连锁店，甚至开个小公司。

是呀，死守冠军之名，只会死得很惨。而转过身来，抓住机会，磨砺自己，道路将会更宽广，也将会成就更好的自己。这也许是劳丽诗的转身带给我们的最大的启示。

你的衣服会说话

朱敏

高三时，我转学到一个新学校，虽然牌子很亮，但离县城很远，在一个镇子上，心里就有了些不情愿。刚进校门，一个小黑板立在校园最显眼的位置，上面写着：人的一切都应该是美好的，面貌、服饰、心灵、思想。

这句话一下子让我喜欢上这个学校，相比那些古板教条的校训，这短短不到二十个字更能贴近人的内心。每天上下学，我都要看一眼那个小黑板，心里默念那行字，然后再对照自己，看哪里做得不好。面貌？长相是爹妈给的，已经变不了了，只能寄希望于"腹有诗书气自华"。心灵？心灵是自我修养，要一点一滴的积累。思想？更不是一朝一夕的事，唯有多读书，多学习才能构筑美好的大厦。这三样都是需要内在修炼的东西，只有服饰是外在修养。

我们那时的高中女生普遍乱穿衣，因为家庭情况都一般，很少专门买衣服，都是穿妈妈、姐姐剩下的。我经常看到某个女同学穿着不适合我们年龄的衣服来上课，也看到一些男生穿着几乎一百年没洗的裤子晃荡在校园里。我对衣服一直不是太挑剔，也没有姐姐衣服可以继承，每个季节有那么一两件换洗衣服就行。

看了那句话后，我突然变了，开始喜欢设计衣服。还专门从书摊买回

一本服装设计书，每天都翻翻。暑假时，我买了一块蓝白相间的小布格料，给自己设计了一身白领短装小套裙，走在街上破天荒捡到一些回头率。也是从那以后，我开始注意服饰的搭配，依旧很少买衣服，但买的时候一定会精心挑选，只选适合自己的衣服。

后来，妹妹、母亲，还有一些关系好的同事都知道了我穿衣的风格，逛街时偶尔会帮我捎几件衣服回来，说一看就知道是我的“调调（家乡土话，格调的意思）”。

慢慢的，我发现我们穿的衣服会说话，一个人的气质、性格，甚至你的心情从你的衣服中都能一一解读。爱穿休闲装、平底鞋的女孩随和好相处；爱穿高跟鞋、套头衫的女孩大方健谈；爱穿运动鞋、牛仔裤的女孩活泼开朗……国庆前回老家，碰上表妹去打卦，在她的劝说下，我也跟着封建迷信了一把。算命的神婆一见我，就问：你是写书的吧？我打量了一下自己，一条蓝色牛仔短裙，外搭一件白色长款毛衣，灰色打底裤，金黄色小皮鞋，哪里看出我和书有关呢？

神婆笑，故作神秘。但我知道，肯定是我穿的衣服泄露了身份。表妹属于万人迷一类的女生，衣服讲究时尚潮流，越拉风越好，我们两个坐在一起，肯定不是一个系列。我喜欢这样，把一件衣服穿出自己的味道，让别人一看，就觉得这件衣服非你莫属。好多次，妹去买衣服，买回来后噘着嘴找我，说，这件衣服不适合她，压根就是给我买的。这样真好。其实，衣服如朋友，贵在精而不在多，贵在有味而不在华丽。千万别忘了，你的衣服也会说话。

标签

陈振林

那一年刚开学，高二（3）班的班主任吴老师就请了两个月的事假，让林老师来临时代班。

林老师很高兴，做教师最高兴的是做班主任了，可以和自己的学生交流，真正体会到教育的幸福。做了十多年的老师了，他才做过两年的班主任工作。像个孩子一样，他满是喜悦地走进教室。和往常一样，他和学生们一起商量着怎样管理好这个新班级。林老师知道，在充分了解学生之后才更有利于对学生的管理。

一个月下来，还算是得心应手，学生们喜欢他，家长们欢迎他，都说他是个好老师。他更高兴了，自己的努力总算没有白费。学校的流动红旗在他的高二（3）班里飘扬。就在得到流动红旗的那天，曾经带过这班的肖老师将他拉到了一边，小声地说："林老师，你还是得注意点啊，你班上的文卉同学，她心理上有点小问题，得担心着，她高一时的班主任周老师硬是管她不住，有好几次，她差点出了问题了……"林老师听到这话一惊，他这是第一次听说这话。

第二天，林老师问了问班长。班长说："是啊，文卉同学心理上应该有点问题，要不然，她为什么每周都要去见一次心理医生呢？"

他吸了一口凉气，心想，要是没有肖老师的提醒，怕是真要出事。

当天放学的时候，他将文卉同学留了下来。他细细地看了看她，是个白净腼腆的眼镜女生。他说："文卉同学，你知道我找你有什么事吗？"面前的女生低了下头，小声地回答："我知道，我的心理上有问题，您肯定是要找我谈这个问题。"

"你知道你心理上有问题就好，"他说，"以后，我会时不时地找你说说心理方面的问题。"然后，林老师为文卉同学讲了很多心理学方面的知识。文卉有时点点头，有时又不知在想些什么。

再次找到文卉同学来谈话时，林老师带来了不少的心理学方面的书。他说："你把这几本书看看吧，应该对你是有好处的。"文卉不知所措地点着头。

林老师很高兴，他想，用不了几次，文卉同学心理上的问题肯定会消失得无影无踪。他还看见，文卉同学很认真地看着他带给她的书，还做了不少的笔记。可是，就在第二天，在他上课时，文卉同学猛然站起来，用力地将自己的课桌敲个不停。他知道这是她的心理问题真犯了，忙着将她送回了家。晚上，下了自习，他还想着文卉同学，不知她现在状态好了些没有。林老师骑着自行车来到了文卉同学的家，他想他应该去说些安慰的话。文卉的爸妈也感激不已，连声说着"谢谢林老师"。

回到自己家中时，已经是深夜了。他就不明白，他这样留心文卉同学，尽可能地对她进行心理辅导，可是为什么没有效果呢？他计划着下一步是不是应该请个心理专家，和心理专家共同商讨一下这事才好。

正在他一筹莫展时，请假归来的吴老师上班了，林老师也回到了自己的班级，去忙自己新的教学任务。

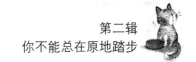

两个月后，林老师想起了高二（3）班的文卉同学，就想找吴老师问问。吴老师是化学教师，林老师在化学实验室里找到了他，他手中正摆弄着几种化学试剂。林老师就问："您班上的文卉同学近来怎么样啊，还在上学没有？她可是心理上有问题的，我替您代班那阵子我可真没有办法。"吴老师皱了下眉头，说："你说的是文卉同学？"

他点了点头，说："是啊，您常找她谈心理问题吧，效果怎么样？"吴老师倒惊讶了："文卉？很好啊，她根本没有心理问题的，不信，你去看看，活泼得很，这次考试，还得了个全班第三的好成绩。我也从来没有找她谈过心理方面的问题。"

林老师就更迷惑了："怎么会这样呢？不可能吧。不少同学说过，肖老师也说过，她明明是有心理问题的一个学生啊。"

吴老师笑了笑，他拿过一个贴有"酒精"标签的玻璃瓶，问他："你说这是一瓶什么东西？"

"酒精啊，这上面写得清清楚楚。"林老师回答。

"可是，这分明是一瓶纯净水。也不知道是谁粗心大意给它贴上了酒精的标签……"吴老师意味深长地笑着说。

布丁酒店不浪费

石兵

提起酒店经营，似乎业界有一个共识，那就是不断增加的可用空间与服务项目是一个酒店发展壮大的关键所在。但是，诞生于杭州的布丁酒店却反其道而行之，用持续的减法战胜了那些金碧辉煌的竞争对手。短短五年多时间，布丁酒店在全国已经拥有二百多家门店，拥有五百多万会员，创造了一个酒店行业的神话。

浙江人朱晖是布丁酒店的创始人，2007 年 12 月，当他准备进军酒店业时，便定下了为酒店做减法的思路。他认为，时尚的生活理念，就是环保、适度、理性的生活方式，而实现这种理念的方式就是做减法。

布丁酒店首先减掉的，就是客房面积，与经济型酒店二十平方米左右的客房相比，布丁酒店只有八至十二平方米，但是小小的空间不仅包括洗手间，还有床、桌子和电视，免费 WIFI 更是随手可及。这种时尚且有些另类的布置，大大迎合了当下年轻人的口味。

第二个减掉的，是成本与价格。由于客房面积小，投入成本和运营成本相对减少，朱晖是个非常仔细的人，他发现许多中老年人有离店时扫光所有一次性用品的习惯，但是很多年轻人不会，便在酒店开张时降低了一次性用品的配备。接下来，他一鼓作气，除了取消餐饮、娱乐设施、"六小件"、

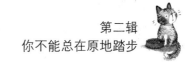

保险箱、熨斗，甚至还取消了拉手、浴室门等，但与此同时，留下来的物品却都保持了最佳配置，西班牙洁具、超薄液晶和宜家家居，以及大堂里公用的苹果数码产品等硬件都超过了国内三星级的标准。

成本降低之后，布丁酒店的入住价格也得到了降低，房价九十五元到一百五十元，比如家、汉庭等传统经济型酒店平均房价低百分之三十。价格优势令许多中低收入客户将目光瞄准了布丁酒店。

最后一个减掉的有些可笑，布丁酒店竟然还减掉了客户群体。朱晖给酒店的定位就是给年轻人的，所以一切配置都为迎合年轻人，这在无形中减去了一部分中老年人客户。

朱晖非常了解年轻人，他说："随着生活条件的提高和消费观念的进步，现在的年轻人已经认同了适度就好的观点，比如他们去自助餐不是先饿三天，再吃到扶墙而出。我对时下年轻人消费观念有很深的了解，因为我们玩在一起，我的酒店就是给他们住的。"

虽然酒店定位给年轻人消费，但随着酒店日渐红火，一些中老年人也主动来到了布丁酒店，吸引他们的是酒店低廉的价格和高品质的服务。

减掉了面积，减掉了成本与价格，甚至还减掉了客户群体，这样一家另类的小酒店却一飞冲天，成为了中国酒店业的新秀，更在 2012 年获得了风投五千五百万美元投资以及银行三亿元授信。

其实，梳理酒店的成长过程就会发现，它一直在按照朱晖强调的环保、适度、理性的理念发展着，在朱晖的经营下，酒店减的是成本，是价格，但绝不是品质。风投公司的眼光毋庸置疑，他们看到的不是布丁酒店的小巧与低廉，而是布丁酒店开启了新的酒店理念，在这种理念引导下，小巧与低廉也成了一种时尚因素。

　　从某种意义上来说，布丁酒店经营的其实并不是传统的营销产品，而是一种时尚的生活理念。试问一下，价格低廉而服务品质一直在提升，而且非常的时尚与舒适，这样的酒店怎能不受欢迎呢？

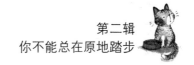

打野猪历险记

颜桂海

在生活中，从别人那里获得勇气还不如从自己身上获得勇气快。面对出现的困扰，我都会无数次地告诉自己，我勇敢，什么都不怕。或许还不能把所有事都做得很好，但我找到了勇气。什么都不用怕，这个世界其实也没有我们想象的可怕和复杂，只要沉着应对，挑战自我，就能走出困厄。

我读中学那时候，在城里待久了，又怀念乡下那静谧的日子。那天匆匆搭上班车，回到了那伴随我度过金色童年的外婆家。

刚进村子，我就看见一个中年妇女，腿上和手上包扎了层层纱布由人搀扶着，说是在山上被野猪咬伤的，这使我心头骤增几分紧张。次日，外婆笑着说："你总说喜欢'刺激'，今天晚上，你舅父要去守卫禾稻（即水稻），你就跟他去吧。"

待到黄昏时分，我便紧跟着扛猎枪的舅父，前面由一条猎狗开路。我们走过羊肠小道，在晚霞尚未散尽之时，到达舅父用竹木和茅草盖起的四根柱子的猎棚。据舅父称，他在这里守看田里的禾稻差不多十年了。现在猎棚的四根柱子中已经有三根由于年久失修，变得松动起来，一走上去"吱吱呀呀"的，唯一牢固的一根柱子是一棵生长着的碗口般大的树，这就是猎棚的唯一坚实支柱。

可是，一直等到残月当空，脖子发酸，仍是一无所获。蓦然，远处传来窸窣的响声，猎狗这时怒叫起来。我不禁毛骨悚然，舅父细声暗笑："嘿，这回野猪真的出来了。"

他一边吩咐我"守老营"，一边抓起猎枪跳下猎棚循着猎狗的叫声走去。透过猎棚外的朦胧月光，只见比猎狗还大两三倍的母野猪在东嗅西嗅，身边还领着十多只野猪仔。我朝思暮想渴望见到野猪，此刻却是叶公好龙，心里胆怯起来。猎狗撵乱的野猪仔，四处逃窜。突然有三只竟窜到猎棚底下，我定睛一看，原来这些小家伙竟是头尖耳薄的怪样，与在动物园里见到的野猪差不多。

我跳下猎棚，抡起木棒对准野猪仔的头猛地一砸，谁知本想砸的那只逃掉了，却打中另外匆忙窜来的一只。那野猪仔吱吱地尖叫着，晕头转向。

母野猪听见猪仔的叫声，匆忙而至，只见那家伙勃起猪鬃毛，双目闪闪发光。当我正要跳上猎棚躲难时，它已以迅雷不及掩耳之势向我直扑来，随着"嘶"的一声，我的裤子开了一个大档。生的希冀使我来了劲，我用力一跳，终于跃上了猎棚，我这才真正体会到野猪是不好惹的。那母野猪对着猎棚的柱子使劲地撞，那些老朽的柱子哪是它的对手，顷刻便被它撞倒了。我死死抱住那根树柱子往上爬，这时，我已经感觉到树柱子在拼命摇晃。

正值危难之际，舅父和猎狗赶到。猎狗"汪、汪、汪"地叫着，看见这个庞然大物却不敢越雷池半步，因为这猎狗以前曾多次领略过母野猪的厉害。舅父也不敢开枪，怕误伤我。

舅父无奈，猎狗无奈。受伤的野猪仔也在尖叫着。舅父捡起石头尽力掷向母野猪，但是那石头似乎是帮它擦痒，丝毫没反应。舅父灵机一动高

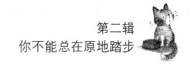

声喊："海！快脱衣服抛下来！"

颤坐在树杈上的我迅速地把衣服脱了下来，用力抛向一旁。

这一招果真灵，母野猪见掉下来"仇人"，拼命冲撞过去，啃着衣服一边撕咬，一边吼叫。此刻，舅父狠狠地扣下扳机，"轰"的一枪，那母野猪才仓皇逃离现场，惊乱的野猪仔跟着消失在朦胧的夜色中。

被我抡木棒劈死的那只野猪仔，自然成了餐桌上一味不可多得的佳肴。

当勇敢深入到人的血液里，当生命随时有危险时，人就会灵机突变，就会出现超常的想象力和强大的精神动力。挑战自我，突变是所有勇敢的根源。

岛村方雄的鱼塘

石兵

　　岛村方雄被称为日本的"绳索大王"，几乎百分之九十的日本渔民家里都有岛村公司出售的麻绳。小小麻绳随处可见，而且质量也都差不多，为什么他们选择买岛村的麻绳呢？这主要得益于岛村那套著名的鱼塘理论。

　　初创业时，岛村方雄就认识到了客户的重要性。他认为，客户与商家就像鱼和水一样密不可分，要想把鱼喂好，就得给鱼建造一个舒适的鱼塘。那么，如何建这样一个鱼塘呢？岛村定了两个基调，一是不计代价，二是循序渐进。

　　首先，他通过多方努力，从银行贷了一百万元作为原始资金。他先从一个生产厂家买入麻绳，每根麻绳的进价是五角钱，按照常理，加上运输费、保管费、搬运费等，每根麻绳卖出去的价格肯定要高于五角。但是岛村却没有抬价，而是又以每根五角钱的价格卖了出去，自己不但一分钱没赚，还赔上了一大笔钱。

　　一年后，"做赔本买卖"的岛村出了名，同行都在讥笑他并等着他宣布破产的消息。但岛村却在暗中偷笑，他知道，自己的初步目的已经达到了，虽然赔了钱，但他的知名度却一路攀升，特别是生产厂家和渔民对他的诚

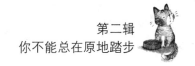

信都有了很深印象，每天订单都像雪片一样飞到手中。

岛村在这时找到麻绳厂家，对他们说："过去一年里，我从你们厂购买了大量的麻绳，而且销路一直不错，可是我都是按进价卖出去的，赔了不少钱，如果我继续这样做的话，没几天我就要破产了。"厂方看到岛村开出的货单果然是原价销售，考虑到现在向岛村订货的客户很多，而且岛村一直非常有诚信，于是决定让利五分钱，以每根麻绳四角五分钱的价格卖给岛村。

搞定了生产厂家，岛村又找到了客户，他很诚实地说："我以前为了扩大自己的影响，原价出售麻绳，现在我的钱已经都赔得差不多了，再这样下去，我就要关门停业了。我刚从麻绳厂回来，他们决定每根麻绳给我让五分钱，你们是不是商量一下，给我加一点。"客户们看了进货单，知道岛村说的是实话，于是就决定每根麻绳加五分钱，以每根五毛五分钱的价格买岛村的麻绳。

由于岛村的诚信有目共睹，总是明明白白地跟厂家和客户说自己在中间赚了多少钱，他赢得了人们的广泛信任，人们都愿意和他做生意，岛村精心培育的"鱼塘"开始初见规模了。

随着名声的不断传扬，岛村的"鱼塘"迎来了丰收的季节，生意越做越红火。现在，他所拥有的客户几乎遍及日本各地使用绳索的经营者，每天的订单就有一千万条。每条绳索赚一角钱，他每天的利润就达一百万日元，从零利润到日进百万，经过几年的经营，岛村终于成了日本名符其实的"绳索大王"。

很多刚刚创业的人都有急功近利的思想，创业初期热情极高，天天幻想着"一夜暴富"，但结果往往是开业没几天，就开始抱怨赚不到钱，继

而便灰心丧气一败涂地。而如岛村这样"赔钱赚吆喝"的经营者却在最初的窘迫后得到了公众的承认，这是因为岛村明白，只有将心换心才能真正赢得客户，他用心培育的这片"鱼塘"看似是为了"鱼儿们"谋福利，事实上自己才是最大的受益者。

第三辑
低头的智慧

古人云：至刚易折，上善若水。做人不可无傲骨，但也绝不能总是昂着头。君子之为人处世，犹如流水一样，善于便利万物，又水性至柔，不与人纷争不休。因为他们明白，能低者，方能高；能屈者，方能伸；能柔者，方能刚；能退者，方能进。

低头的智慧

周礼

记得小时候，有一次，我看见庭院前的向日葵低垂着头，便突发奇想，找来绳子和竹竿，将其中一棵向日葵固定起来，让它昂首挺立，直视太阳。我幼稚地认为那样就可以让向日葵省去转来转去的麻烦，能够更好地吸收阳光，将来的颗粒也一定会更加饱满。

到了秋天，向日葵成熟了，我迫不及待地来到那棵高昂着头的向日葵跟前，满以为它是最好的，可令我感到沮丧的是，那棵向日葵空空如也，里面没有一粒饱满的籽，还散发出一股刺鼻的霉烂味。我不解地问父亲："为什么昂着头的向日葵会颗粒无收呢？"父亲呵呵地笑着说："傻孩子，向日葵头朝上，里面多余的雨露排不出去，很容易滋生细菌，所以它会霉烂掉，你是好心帮了倒忙。其实，向日葵略微低头，一则是为了表达对太阳的虔诚与敬意，二则也是为了保护自己，虽然向日葵是一种不会说话、没有智慧的植物，但它们与生俱来就知道，要想在世上生存，就要懂得适度低头。"

听了父亲的话，我似懂非懂地点了点头。后来，我通过观察发现，不光是向日葵，许多其他植物也都明白这个道理，比如，当麦子青涩的时候，它们总是昂首挺胸，一副无所畏惧的样子；可当它们成熟的时候，却总是

谦逊地低垂着头，一副与世无争的样子。因为这样不仅可以有效地避免被折断的危险，而且还让鸟儿找不到着力点，从而保存了自己历经千辛万苦得来的果实。

这时，我才恍然大悟，原来，低头也是一种大胸怀、大境界、大智慧。我有一个朋友，他一直奉行"人善被人欺，马善被人骑"的处事原则，因此为人十分强硬，结果得罪了不少人，在单位里他长期得不到领导器重，也不受同事欢迎。每次，升职与他无缘，提干与他擦肩而过，混了十多年，还是小职员一个。朋友十分纳闷，他说："我只是捍卫自己的权利而已，这有什么不对的呢？"

的确，这没有什么不对的，只是做人的问题。左宗棠有一句至理名言："穷困潦倒之时，不被人欺；飞黄腾达之日，不被人嫉。"一个人应该懂得什么时候应该争取，什么时候应该放下，一味地委曲求全，那是一种懦弱；而一味地趾高气扬，那是一种愚昧。一个处处逞强好胜、傲慢无礼、不可一世的人，他很难得到别人的认可与肯定，也很难在事业上有所成就，不是在现实面前碰得头破血流，遍体鳞伤，就是遭人排挤，孤立无援，郁郁而不得志。

古人云：至刚易折，上善若水。做人不可无傲骨，但也绝不能总是昂着头。君子之为人处世，犹如流水一样，善于便利万物，又水性至柔，不与人纷争不休。因为他们明白，能低者，方能高；能屈者，方能伸；能柔者，方能刚；能退者，方能进。

地砖的玄机

张珠容

意大利佛罗伦萨的但丁广场，是很多游客向往的地方。据说，游客来到这里必做一事——去广场上寻找一块独一无二的地砖。这块地砖位于广场最中央，雕刻的正是伟大诗人但丁的头像，高高的鼻子、尖尖的下巴，还戴了一顶小三角帽。因为常年有游客到访，这块地砖已经被踩磨得很光亮。不少游客感到费解：意大利人缘何将刻有诗人头像的砖铺在地上，而且偌大一个广场再无第二块这样的地砖？

游客每每找到地砖并发出这样的疑惑时，导游便会让其抬头，就在抬头的那一瞬间，玄机尽解。佛罗伦萨这个被徐志摩称为翡冷翠的城市，诞生了达·芬奇、米开朗琪罗、但丁等历史巨人。其中，但丁被恩格斯誉为"中世纪的最后一位诗人，同时也是新时代的最初一位诗人"。在这个城市里，唯一贯穿阿尔诺河的廊桥见证了诗人但丁与初恋贝特丽丝的爱情。

在那个春光明媚的上午，但丁与贝特丽丝在廊桥上相遇的那一刻起，少女就成了他一生的爱恋。对少女的哀伤和思念，成就了但丁早年的诗作《新生》。遗憾的是，贝特丽丝最终没能嫁给但丁，而但丁对她的倾慕伴随其一生。在晚年，佛罗伦萨法庭判决但丁终身流放。这之后，但丁度过了近二十年的流亡生活。在这期间，他把贝特丽丝描绘成真善美的化身，

历时 14 年创造出了旷世巨作——《神曲》。正是这部划时代的巨著，统一了整个意大利的语言，成为中世纪文学最高成就的代表。

1321 年，但丁身染疟疾离开人世。他的遗体被拉维纳人安葬在市中心的教堂广场上。直到 1829 年，诗人漂泊的灵魂终于回到了他的故乡。佛罗伦萨市政当局在圣十字教堂为但丁竖起墓碑和雕像，同时把教堂前的广场命名为"但丁广场"。佛罗伦萨人在这个广场的一面墙上雕刻出让他们引以为傲的但丁头像，方便后人瞻仰。

光是自己去表达对但丁的敬意当然不够，佛罗伦萨人多么希望全世界到此游览的人都能够对着但丁鞠一个躬、行一个礼。该怎样达到这个浪漫的目的呢？建造广场时，一个设计师想出了一个别具匠心的设计——在一块地砖上雕刻但丁的头像，然后将它头朝高墙，贴在但丁广场的最中央。

当游客低着头找到刻有但丁头像的那块地砖时，他已经给意大利人心目中最伟大的艺术家、《神曲》的创作者但丁深深鞠了一躬。因为他抬头后就会发现，自己所站位置的对面，就是但丁的雕像。

所以很多人都说，意大利人智慧与浪漫的浓缩，全体现在了但丁广场的那一块地砖上。

第八个女儿

王世虎

　　没有一点预兆，凌晨两点半，一场突如其来的大地震无情地蹂躏了这座处于山区的小县城。只是几秒钟的时间，一切却已面目全非，大自然如同一头忽然发了疯的困兽，把大地撕扯得四分五裂。

　　大灾有大爱。第二天一早，来自全国各地的救援队便在第一时间赶到了灾难现场，和当地的幸存者一起，开始昼夜不停地进行救援。"山鹰救援队"是其中一支特殊的救援队伍，因为这是一支由七名爱心志愿者临时组建成的救援队，六男一女，他们中，有地质专家、消防官兵、医生、退伍军人、公交车司机、农民，唯一的女性是一名小学语文老师。此刻，他们已经连续工作了两天两夜，成功解救出了许多受困的老百姓，队友们都显得疲惫不已。

　　"快，前面的废墟下又发现了一名幸存者！"

　　刚坐在石板上准备休息一会儿，把水杯递到干裂的嘴边，忽然有人大叫了一声。生命就是命令，她立即放下水杯，拖着疲惫不堪的身体，和救援队的队友们一块迅速冲了过去。

　　"是个小女孩，大概四五岁。"冲在前面的队友矫健地匍匐在地，边用手电筒往里面照边说："她还活着，但左腿被倒塌的石块压住了，动弹

不得。"

外边的人都焦急地竖起了耳朵，里面隐隐传来小女孩悲伤的哭泣声。

队长仔细地观察起周围的形势来。末了，无奈地摇摇头："四周阻挡的水泥横梁和石块太厚重，人力根本搬不动，必须等待重型救灾机械部队来增援。"

"可是救灾机械装备要到明天才能运过来，"一个队友说，"我们刚刚接到指挥部通知，下午的余震中通往这里的唯一一条公路又发生了局部塌方，现在正在抢修中，机械装备最早也要等到明天早晨。"

"但我怕孩子支撑不了那么久啊！"匍匐在地的队友担心地说，"她那么小，又被困了那么久，不吃不喝的，情况非常危险。"

"让我来！"忽然，人群的后面有人喊道。人们这才注意到后面的女老师，她哽咽道："她是我的女儿，让我来吧。"

女儿？大家都自觉地给她让出了一条路，匍匐在地的队友也退了出来。她缓缓地跪了下去，艰难地往狭小的废墟缝中钻。"孩子，我是妈妈！"

"妈妈——"听到她的声音，小女孩哭得更凄惨了。

"孩子，妈妈在这儿，别怕！"她温柔地说，"来，把手伸给我。"

一支脏兮兮的小手从水泥缝中伸了出来，她一把握住，紧紧地。"孩子，别哭，妈妈在这儿，妈妈就在你身边。妈妈相信你是最坚强的，你再忍耐一下，我们马上就把你救出来。"

果然，小女孩停止了哭泣，喃喃地说："妈妈，你不要离开我，我不哭……可我就是怕，我旁边有好多死人……妈妈，你能给我唱歌听吗？"

"好，妈妈给你唱。"她用力地咬咬嘴唇，抑制住快要溢出的泪水，唱了起来，"小白兔乖乖，把门开开，快点开开，我要进来，不开不开就

不开，妈妈没回来，谁叫也不开……"

一个小时过去了，两个小时过去了，她就一直跪在碎石遍布的废墟上，上半身倾进石板缝中，没有换一个姿势，不停地唱歌。

天渐渐黑了，还飘起了小雨，她仍然跪在那里，一首接一首地唱歌。慢慢地，里面的孩子也没了恐惧，跟着她一起哼了起来。期间，有队友过来叫她吃饭，她摇摇头："女儿都没吃，我吃不下！"期间，也有队友给她送来雨衣，她挥挥手："女儿都淋着雨，我怕什么？"期间，还有队友过来想代替她守候，她同样拒绝了："女儿此时正需要妈妈，我要给她唱歌，这样她才不会害怕，不会睡着。如果女儿一睡着，就再也不会醒了……"

寂静的夜空中，一直回荡着她那婉约动听的歌声："月亮，在白莲花般的云朵里穿行，晚风吹来一阵阵快乐的歌声，我们坐在高高的谷堆旁边，听妈妈讲那过去的事情；我们坐在高高的谷堆旁边，听妈妈讲那过去的事情……"

终于，第二天一大早，救灾机械赶到了现场。两个小时后，小女孩成功地获得了营救。看着小女孩微弱的呼吸，医生不可思议地感叹道："一个孩子在不吃不喝的情况下，竟坚持了近100个小时，这真是一个生命奇迹！真不知道，有什么强大的力量在支撑着她！"此时，距发现小女孩已经过去了15个小时，而她，因为长时间跪在地上唱歌，劳累过度，在看见小女孩被抬上救护车的那一刹那，重重地昏迷了过去。

在场的群众都被她的执着和顽强感动了，大家纷纷竖起了大拇指，钦佩地说："她真是个了不起的女人！小女孩很幸福，因为她有一个全世界最伟大最坚强的妈妈。"

"不，你们都错了。"队长回过头，泪眼婆娑道，"其实，她并不是

小女孩的妈妈，她的亲生女儿在地震那天就不幸遇难了。到今天为止，这已经是她营救出的第八个女儿。"

顿时，现场一片寂静，许多人的眼睛，都默默湿润了……

凡间行路

凉月满天

符凡迪是一个我不认识的人。

我只是偶然看过他的一个视频，参加一个电视台举办的唱歌选秀大赛。

他吸引我的是他的职业，大屏幕上打出来的是"拾荒者"。

个不高，很长的头发，披在肩上。很收缩的站姿，两只手捧住话筒，双肩前拢。

1992年从老家出来到深圳打工，同学给了他五十块钱，坐大巴就花了三十五块。结果这里用工只招本地人；偶尔有招外地人的，又需要交押金。他从此走上拾荒之路，偶尔做做清洁工、洗碗工。

他甚至不知道自己的年龄。父亲在他一岁多时去世，母亲没告诉过他哪年哪月生。本地户籍警说年满十八岁才可以打工，我给你填满十八岁吧。所以，他现在是"四十多岁"，多多少，多不多，不确定。

他是爱唱歌的，到酒吧应试过歌手也通过了，可是没有好的衣裳。

也有人给他介绍过对象，他很中意人家姑娘，可是他的条件又是这样。

所以，现在的他，就是一个四十多岁的，不名一文的，没有房、没有车、没有家、没有妻、没有子、没有劳保和三险一金、没有救济，什么都没有的，老光棍。

可是他唱"朋友别哭"："有没有一扇窗，能让你不绝望。看一看花花世界，原来像梦一场。……朋友别哭，我依然是你心灵的归宿；朋友别哭，要相信自己的路。红尘中有太多茫然痴心的追逐，你的苦我也有感触。"

他还在安慰别人。

唱歌的时候，看着很远的地方，眼睛里没有热烈的神采，没有志在必得、胜在必得的欲望。就只是很安静地在唱。

无声无息，穿透人心。

观众起立，鼓掌，评委热泪盈眶。他说："谢谢，谢谢，谢谢，我做梦也想不到会登上这么……好的舞台。"这个"好"字，他有点迟疑，后来加重了语气，在他的世界里，这就是天堂。这样的声光电舞，这样的五色流离，这样的让他梦寐以求而又求之不得。真好啊，真好。

所以，谢谢舞台，谢谢观众，谢谢主持，谢谢评委。

他一直在感恩，心里没有怨恨。

他没有说我怎么会有这样的父母，怎么生在这样贫穷的家庭；也没有说我怎么会落到这样的境地，这是一个怎样狗屁不通的社会。

评委问他："据说你还在帮助一个人的母亲，是吗？"

他没有详述事件原委，只是迫不及待表达愿望，说："一直以来，我的心里就有一个梦想，想要帮助更多的人。"这样的人，会因为自觉受到错待而杀人吗？会因为食不饱衣不暖而报复社会吗？会因为出无车食无鱼怨恨人群吗？会因为无妻无子身边无人老来无靠自杀吗？

他没事的时候会看书，听音乐，唱歌。他甚至在书店里靠看图片上的口腔发音自学会了英语。他说了一句英语，发音很标准，意思是："你没有办法改变你的过去，但是，你可以改变你的未来。"

我觉得他不是人。

那些自己宁可挨饿也要喂养流浪猫狗的人也不是人。明明自己衣食无着，却还要给路边乞丐一枚硬币的也不是人。祈祷上天赐福天下所有受冻的人住高房暖屋，"吾庐独破受冻死亦足"的杜甫也不是人。

那个美女评委说："谢谢你，我本来已经对这个舞台习以为常，是你让我找到了对这个舞台、这个世界的敬畏之心。"

是的，该说谢谢的是我们。因为我们知道感恩，却不感恩；知道敬畏，却无敬畏；知道顺从，却不肯顺从。我们不肯不抱怨，不肯不嚷骂，不肯不愤怒，不肯不钻营。

可是，哪怕常年心里雾霾深重，也瞥见了一线天空，青色的苍穹上镶着一双宁定、安慰的眼神。

像行走人间的基督的眼神，像穿着百衲衣托钵行乞的佛陀的眼神。

只要你肯看，便能看见。只要你愿走，凡间行路，如同他们，亦可如神。

高贵的坚守

王世虎

提起阿来，想必大家都不陌生。他是我国著名作家，曾以西藏为素材和背景的长篇小说《尘埃落定》享誉全国，并斩获我国文学界的最高荣誉——茅盾文学奖。2009 年 9 月，时隔十一后，在读者千呼万唤的期待中，阿来蛰伏三年、呕心沥血的新作《格萨尔王》终于"尘埃落定"。这部以"东方荷马史诗"著称的长篇小说，重述了藏族说唱史中的英雄格萨尔王传奇的一生，为世人了解西藏传统文化打开了一扇新的窗户，其宏大的叙事场景和细致的心理刻画水乳交融，既富有鲜明的民族性格，也体现了时代精神。

得知此消息后，央视"百家讲坛"栏目组在第一时间找到了阿来，邀请他围绕自己的新书开一个系列讲座。阿来听闻后，非常高兴。长期以来，阿来的心中都有一个纠结，在许多人的心目中，西藏只是一个抽象的存在，提起西藏，人们除了知道雪山、高原和布达拉宫以外，一无所知。因此，怎样把一个真实的、有文化内涵的西藏展现给大家，是阿来多年来的一个心愿。现如今，有了"百家讲坛"这样一个广阔的宣传平台，阿来感到非常欣慰，便当场答应了。

之后的几天时间里，阿来不敢有一丝懈怠，做了认真充分的准备，并

连夜写好了详细的讲稿。但正当阿来准备试讲时，栏目组忽然要求他修改讲稿，因为制片人觉得阿来的讲稿过于严肃，文学性太强，应该着重于以"讲故事"的形式来解读作品，这样观众才爱看，才能提高节目的收视率。阿来据理力争："讲故事可以，但我要以文学的方式来讲，并把我对这个世界的理解包含在其中，而不仅仅是以追求热闹场面的'评书'形式来演绎。"

因为讲稿的问题，阿来和栏目组发生了很大的分歧，双方谁也不肯让步。最终，经过深思熟虑之后，阿来拒绝了"百家讲坛"，将唾手可得的成名机会放弃了。

对于阿来的拒绝，很多人都表示不理解和惋惜，认为他过于迂腐，不会变通。想想，"百家讲坛"是一个多么大的舞台啊，许多文人学者挤破了头颅都想上去露下脸，它不仅能使人一夜成名，更能带来丰厚的利益回报，易中天、于丹、纪连海等不都是最好的证明吗？如果阿来能"忍耐"一些，登上"百家讲台"这个"神圣"的舞台，不仅会大大提高自己的知名度，也会带动新书的销量，这可是两全其美的好事啊！

可我却觉得，阿来的拒绝，是一种高贵的坚守。为了能写好这部作品，阿来付出了太多的心血：十年前就开始搜集材料，并阅读了大量相关的文献；为了使作品更加真实和严谨，他甚至十多次深入自然条件恶劣的藏区做实地考察，亲临每一个故事发生的地点……可以说，阿来是在用自己的生命来谱写这部小说，所以，他不容任何人以任何方式来亵渎它。

阿来拒绝了"百家讲坛"，却把持了自己。阿来的拒绝，是对自己的良知与信仰、对《格萨尔王》这部作品以及对博大精深的藏文化最崇高的坚守。他的拒绝，不仅让我们看见了一个真正大作家不为名利所动的职业操守，更感知到了一种博大深邃的胸怀！

给予是一种智慧

周礼

人要有所取，首先得学会给，给得越多，得到越多。相反，如果索取越多，失去也将越多。

在自然界，有许多懂得给予的高手，它们堪称哲学家，比如，花类。花儿为了吸引蜜蜂和蚂蚁等昆虫，它先释放出一种或浓或淡的香味，将那些远方的客人请到家里，等到蜜蜂和蚂蚁兴致勃勃地赶来时，花主人又拿出美味的甜点招待它们，让它们吃饱喝足。当然，花主人的东西不是白给的，蜜蜂和蚂蚁在采蜜的同时，也顺便帮花主人授了粉，可谓大家都得到了好处。果类也是这方面的专家，为了开枝散叶，繁衍后代，它们先将香甜的果肉奉献给人类或其他动物，让他们把种子带得远远的，当人们吃完果肉，丢掉果核时，它们的生命又以另一种形式开始了。还有植物的光合作用也是如此，它们先释放出氧气，让人和动物自由呼吸，当人们获得赖以生存的氧气时，回赠给它们的就是源源不断的二氧化碳，这样人与植物就在无形中构成了利益的共同体。

所谓"赠人玫瑰，手有余香"，在方便别人的同时，也给自己带来了方便；在成就别人的同时，也提升了自己，获得了快乐。我们不得不感叹植物的超凡智慧，虽然它们不能说话，不能走路，也没有双手，但它们却

能通过其独特的方式，完成生命的延续。

从植物们的身上，我们学到了一个简单而朴素的道理，那就是索取之前，先学会给予，即：有所得，必有所予。当然，给，不一定为了得，但肯定会有许多意想不到的收获，或精神，或物质。

在很久以前，有一个财主，他想知道天堂和地狱有什么区别，于是他在死后，请求天使带他去地狱和天堂看一看。天使考虑到财主生前做了许多好事，便答应了他的要求。在天使的带领下，财主先来到了地狱，只见那里的人一个个面黄肌瘦，骨瘦如柴，双目无神。财主不解地问："地狱的食物如此丰盛，为什么这些人却饿得只剩下皮包骨头呢？"天使微笑着回答说："先别急，等一下你就明白了。"原来，地狱使用的筷子有三四尺长，使用起来十分不便，他们费了很大的劲才夹起一点东西，然而却无法将之送进嘴里，只能眼睁睁地看着挨饿。随后，财主又来到了天堂，让他感到惊异的是，这里井然有序，一派祥和，每个人都过得非常幸福。原来，天堂里的人在吃饭时，不是将食物送进自己的嘴里，而是送进对方的嘴里。

见此情景，财主终于明白了天堂和地狱的差别。善者，总是站在别人的角度，设身处地地为他人着想，结果在帮助别人的同时，也得到了别人相应的回报。而恶者，总是处心积虑地为自己的利益着想，从不愿为别人付出，结果他们在算计别人的同时，也将自己推进了黑暗的深渊。

原来，给予是一种关怀，是一种境界，更是一种为人处世的智慧，聪明的人总是先给后取（或不图回报），而愚蠢的人总是只取不给。

贵是一个招牌

张珠容

在日本东京，最高的大楼应该算东京中城。这里的月租金高得吓人，每平方米要六千六百元人民币。然而，就是在这样租金昂贵的地盘，有人竟然开了一家豆腐店。

这家豆腐店名叫"松冈豆腐屋"，老板名叫松冈由树。早在几年前，松冈由树就在自己的家乡继承了祖传的豆腐店。因为世代都在经营豆腐，松冈由树把豆腐做得特别精致。他把日本的豆腐分成三大类几十种：一类是木棉豆腐，相对比较硬；第二类是绢豆腐，属于嫩豆腐；第三类叫充填豆腐，是加一些配料的豆腐……对于这几十种豆腐，松冈由树分别有着一套独特的烹制方法。

虽然经过几十年的传承，松冈由树家族的豆腐具有非凡特色，但始终有一个问题困扰着松冈由树：因为家乡的人口稀少，所以店里的生意始终不温不火，营业额也没有什么突破。该怎么办呢？松冈由树想到迁移店址。把店开到哪里好呢？

一段时间下来，松冈由树一直寻找着合适的店址，可看中的地方不是太偏僻就是店面租金太贵，这让他犹豫不决。一天，松冈由树翻着报纸，看看能不能从中找到合适的店面。这一天的报纸有些特别，因为整个经济

版面被一个服装商家的巨幅广告照片所占据。这让松冈由树匪夷所思：商家何苦花这么多钱买下报纸整个版面呢？一半或者三分之一不行吗？他把自己的疑惑告诉了妻子真木惠美子。

真木惠美子笑着说："要买肯定是一整个版面啊，因为这样才会吸引人的眼球。"

"如此说来，贵有贵的道理喽？"松冈由树问妻子。

"应该是这样子。我觉得，贵其实也是一个招牌。"真木惠美子。

贵是一个招牌，这让松冈由树顿时做了一个决定：把自己的特色豆腐店开到租金最贵的东京中城去。他说干就干。在东京中城花重金租下一个店面之后，松冈由树又花了一笔钱把小店按照五星级酒店的标准装修起来。至于豆腐的定价，松冈由树接受了妻子的建议，统统来了个大翻身：一块普通豆腐卖一百八十八日元，一个简单的豆腐套餐，则卖一千八百八十八日元。至于其他的特色豆腐，松冈由树把价钱定得更高。

说来也奇怪，虽然松冈由树的豆腐卖得很贵，却吸引了不少顾客来光顾，很多主妇甚至每天不惜花几十分钟来排队，为的就是等到店里的一些特色豆腐制品。

短短几个月过去了，松冈由树算了一笔账：虽然自己花了一大笔租金，但是营业额也高得吓人，刨去成本，现在小店赚的钱要比过去高出好几倍。最关键的是，因为身处东京中城，他的特色豆腐很快出名了，每天预订的人特别多。为了满足顾客的需求，松冈由树准备在其他一些繁华街区开几家分店。

在租金最贵的地方开豆腐店，谁都觉得无利可图，可就是这样不可思

议的决定让松冈由树赚得了大笔利润。或许，这其中的奥妙真像真木惠美子说的一样：贵是一个招牌。

即使是一朵花，也要给别人开放的机会

凉月满天

我有一个朋友，上大学时能力就很出众，用"独占鳌头"来形容他，一点都不过分。

有一回，班里除他以外的人都出去聚餐，同宿舍的老三喝醉，在学校里引吭高歌，大晚上的惹人侧目。他因为查资料，一直泡在图书馆，回去的路上，同学们正合力把老三往回拖，于是他也上前帮忙。

第二天在学生党校的例会上，他就受到批评，理由是喝酒闹事，行为不端。他还来不及辩解，班级辅导员又找他谈话，说他们当天的行为被人看见，上告学院领导，学院命令他揪出闹事者，抓典型，杀一儆百。

一个朋友得知情由，沉思了一会儿，建议他兵行险着。

于是，第二天下午，副院长办公室迎来了一个稍显青涩的年轻人。

简单的身份介绍之后，他向副院长陈述了这次的喝酒事件，以及学院如此处理将会引发的后果："现在全班同学都人心惶惶，都担心自己被出卖，被推出来。我们班已经不再是一个团结的大集体，而是心怀芥蒂、互相猜疑的一盘散沙。"

然后接着陈述对于学院强令自己告密的看法："院里让没有参与聚餐的我指出三个人，我如果这样做了，走到哪里，都会带有一个卑鄙的'告

密者'的烙印，以后几年的生活里，面临的只能是白眼、排挤和鄙视。"

然后提出自己的方案："所以，我只有和自己的同学站在一起，我们一起来承担错误。我是校学生党校的干事，我会辞出党校，给学院一个交代。"

最后，他鞠躬离开，在走到门口的那一刻，他又回过头："院长，为什么是没有参与的我被指认出来，然后扮演告密者这个角色呢？"

始终微笑、倾听的副院长沉默。半生风云的老人怎会不懂得？

晚上，辅导员宣布了此事的结果：他作为校学生党校的干事，为这件事情负有不可推卸的责任，所以，免除学生党校职务。

同学们一片哗然，替他不平，他却一脸平静，没有半点的不甘心。

如果此前他没有意识到自己春风得意马蹄疾已经成了那躲在暗处之人眼底心中的一根刺，那么现在在朋友的点拨之下，他已经看得十分明显：检举之人醉翁之意不在酒，抹黑他才是图穷之后，那把匕首寒锋的真正所向。

既然如此，那么现在这个结局就是最好的，就像朋友所说："不要风头太劲。能者多劳，也要别人做不过来才去帮，否则你一人全包了，还要别人做什么？没有人想当绿叶，你可以做红花，但是也要给别人开放的机会。你一人独占鳌头，怎怪得别人针对你？"

"木秀于林，风必摧之"，在人群中生活，要学会的，遵守一点人群中的规则与智慧，学会怎样去隐于林，然后在众人无知无觉中，积攒自己的力量，一飞冲天。

将感恩刻在"石头"上

程应峰

年少时的感觉中，一个人去了，别人将他（她）的名字刻在墓碑上，是铭记和怀念。随着岁月的推移，蓦然了悟到，这不仅仅是铭记和怀念，还是感恩的一种方式。

每当面对凝重的碑刻，我总会想起这样一个故事：两个在海边沙滩上结伴而行的朋友，发生了激烈争执，其中一位对另一位甩手就是一耳光，被打的很伤心，一言不发，随手在沙滩上写道：今天我最好的朋友打了我一巴掌。他们继续前行，一个浪头打来，挨了耳光的那位被突而其来的浪头卷入了海水中，打了他一巴掌的那位凭借极好的水性救他上了岸。平静下来后，他找到一块大石头，用另一块锋利的石头在上面刻下了这样一行字：今天我最好的朋友救了我。

被人伤害时，把伤害写在沙滩上，让时光之水随时带走；在得到别人的帮助时，将感恩刻在石头上，永远铭记。这是人生应有的一种境界。

西方有一个节日叫感恩节，每到那一天，有心之人，都会怀着感恩的心情，感谢所有关爱自己的人。然而，实际生活中又是怎样的呢？

一位天命之年的农民，为供儿子完成高中、大学学业，不得不卖血换钱。连续多年，卖出的血量能装满两个汽油桶。然而，明知父母艰辛的儿子从

上大学那天起，就没回过一次家，整日沉迷于网吧，荒废了学业，直至被勒令退学。这种情况下，农民接受了电视台的采访，他满含热泪，呼吁别人不要像他儿子一样，迷恋网吧，误了学业。面对一腔辛酸的农民，满座学子无不动容。事后，记者在网吧找到农民的儿子，他却满怀怨怼地说："我爸在电视台这样糟蹋我，他有病，他是一个残酷无情的人。"在这里，儿子对父亲不仅没有感恩之心，还抱着一腔莫名的怨恨。

还有一位孤寡老人，用自己每月三百来元退休金和每天早出晚归拾荒赚来的钱，资助三个贫困大学生。在他们求学的几年中，每人都获得了老人几千元的资助。得到这些钱时，他们言辞动听。可是在他们大学毕业，找到很好的工作后，对这位孤寡老人，竟无一人上门致谢。"滴水之恩，当涌泉相报"是做人的常理。但现实生活中，并不是谁都会怀着感恩之心，将感恩的情愫往心坎儿里铭刻。总有那么一些健忘的、不知道感恩的人，在他们心里，亲朋好友乃至别人的给予都是顺理成章、务必记取的事情。

由此看来，学会感恩，学会将感恩刻在"石头"上，是人生的一门必修课。对于不会感恩，不知道将感恩往"石头"上刻的人，我们不能武断地说他（她）泯灭了良知。但至少可以这么说，他（她）是一个在人生辞典里只写着"索取"二字的人，任何时候都不配拥有人类美好而温馨的情感。

将军

陈振林

大火烧红了半边天，鲜血流成了一条河。尸身遍野，旌旗满地。

一场惨烈的战斗。

攻城已经持续了十多天了，将军已经三天三夜没有合眼。有将士闯进了营帐："将军，又伤亡了一千多人，这个仗，还要不要打下去？"

将军站起，魁梧的身躯如山般耸立，声如洪钟："一定要打。拼命向前冲，只剩下一百人也要给我冲。"将士暗暗地退了出去，都蹒跚着步子。将军跟了出来，如一阵飓风："走，都给我上。我在最前面。"

将军冲在最前面，骑着乌骓宝马，挥动着手中利剑。所有将士无一后退，一同拼命向前，排山倒海一般。

城门，"哗"地开了，走出了几十瘦弱的军士。整座小城，居然只剩下了这几十瘦弱军士。将军一惊，这几许赢弱军士竟能抵挡大军十多日！将军登上城楼，向前远望。军旗猎猎，呼啸作响。

"传我军令，城中百姓，十五岁以上男子到城西聚合。"将军大声传令。

"城中百姓，十五岁以上男子到城西聚合。"

"十五岁以上男子到城西聚合……"声音在小城上空盘旋，如一只凶猛的猎鹰。

城西。

一个硕大的土坑早已挖好。土坑旁边，立着三万多男子。白发苍苍的老者，捋着长须，双眼直视不远处的将军。十五岁的小男子汉，挺着并不高大的身躯，怒视着拿着铁锹的兵士。没有哭声，几乎没有一丝声响。

硕大的土坑，张着大嘴巴，好像随时都可能吞下这些被俘的人。远处，飞来几只乌鸦，打破了一时的宁静。

将军举起宝剑。

人们知道，当宝剑落下的时候，他们就会被推进面前的这个张着大口的土坑。有人，眼角落下了泪。

从来没有人敢违犯将军的命令。那只会丢掉自己的性命。就在上个月，只在一小时之内，将军坑杀了二十万降卒。

将军举起宝剑……

"且慢，请将军放下宝剑！"一个声音传进了几万人的耳朵。声音很小，但大家都听得见，听得格外清晰。将军也听见了，但他不知道声音从哪里传来的。他诧异是谁有这天大的胆子来对他这样讲话。他睁大他铜铃般的眼睛，努力搜寻着声音传来的地方。

一个男子汉瘦弱而有力地站在了将军的面前。将军又睁了睁自己的眼睛，他在找寻另外的壮士。怎么可能会是这样的一个男人与他面对面呢？这哪里是一个男人哟？这还只是一个男人的雏形，是一个男孩。不过十三岁，清秀的面孔，如女孩子一般。站立的姿势，却让他的身体如一颗神针样强有力地定在了将军的面前。

"是你？"将军迟疑地说。声音里还是透出些霸道。

"是我！"男子说，"是我！！！"几万人都听见了他的声音。

"叫什么名字？"

"我叫无名。"一个坚定的声音。

"推下去，车裂！"将军毫不犹豫地下令。

有武士上前，拽住了男子。男子不慌不忙，对着将军行礼："容说上几句，再车裂也不迟。"

将军一挥手，武士下去了。将军心中叹服男子的胆量，来了兴趣："壮士，请喝酒！"有人捧上一大碗酒，男子接过一饮而尽。将军后退了一步。

"将军如果坑杀了这几万人，那么这座小城外的十多座城池的兵士与百姓会怎样做呢？"

"照样坑杀。"将军的声音有些颤抖。

"您的这次坑杀，将会换得几十万人甚至几百万人的拼死抵抗，您说，是坑杀这几万人好呢，还是不坑杀的好？"男子的声音也轻缓了些。说完，他慢步回到了几万人之中，转瞬消逝得无影无踪。

将军的眼里，满是男子的身影，几万个身影，越来越高大，直插云霄。将军收起了宝剑。帅旗一挥，将士后退，让出了一条大道。几万人，一齐整了整衣袖，从将军的面前走过。

天边，残阳如血。

第四辑
从来没有枯死的生命

　　拿破仑曾说:"人与人之间只有很小的差异,但是这种很小的差异却可以造成巨大的差异。很小的差异即积极的心态还是消极的心态,巨大的差异就是成功和失败。"事实就是这样,成功和失败之间的区别在于心态的差异:即成功者着意亮化积极的一面,失败者一味强调消极的一面。

宽容是一种智慧

周礼

一列火车正开往费城，中途有一个妇女上了车，她径自走进一节车厢，并选了一个座位坐下。这时，她对面的一个男人点燃了一支香烟，深深地吸了几口。女人闻着烟就难受，她故意扭了扭头，轻咳了几声，想提醒对方不要吸烟。可是那男人完全没有注意到她的举动，还是若无其事地吸着。女人忍无可忍，生气地对那男人说："先生，你可能是外地人吧，这列火车专门有一间吸烟室，这里是不允许吸烟的。"听女人这样说，男人完全明白了，他微笑着，歉意地将手里的香烟掐灭，丢到了车窗外。

过了一会儿，几个穿制服的男人走了进来，他们来到女人身边，对女人说："这位女士，很对不起，你走错车厢了，这是格兰特将军的私人车厢，请你马上离开。"女人惊悚不已，原来坐在她对面的就是大名鼎鼎的格兰特将军，她感到非常害怕。但格兰特将军没有丝毫责怪她的意思，他的脸上依然挂着淡淡的微笑，和蔼可亲地对下属说："没事，就让这位女士坐在这儿吧。"

格兰特将军的宽容赢得了女人的敬重，他的仁德被人们广为传颂。格兰特将军正是凭着这样一种博大的胸襟征服了手下的士兵，使得他在战斗中攻无不克，在每一次险境中都能化险为夷。

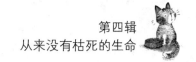

宽容是一种胸怀，是一种风度，是一种美德，更是一种智慧。宽容他人，不但不会令自己的利益和声誉受损，反而会因此赢得人心，得到人们普遍的认可。尤其是对待对手或敌人，宽容往往会产生让人意想不到的效果。

林肯在参选美国总统时，他的竞选对手斯坦顿曾想尽一切办法在公众面前侮辱他，让他丢脸出丑，还编造出各种各样的谣言诽谤他、污蔑他，破坏他的形象。为此林肯吃尽了他的苦头。但最终林肯还是击败了斯坦顿，顺利当选为美国总统。正当所有的人都以为斯坦顿从此就要倒霉时，他却意外地被林肯委任为参谋总长组建内阁。林肯的宽容和大度彻底感动和征服了斯坦顿，在后来的工作中，斯坦顿总是身先士卒，尽心竭力，以此报答林肯的知遇之恩。几年后，林肯被暗杀，全国人民在悲痛之余，用了许多赞美的话来形容这位伟人。其中，斯坦顿的话最有分量，他说："林肯是世人中最值得敬佩的人，他的名字将流传万世。"

在生活和工作中，我们难免会与亲人、朋友、同事发生摩擦，产生各种误解、纠纷、仇怨等，如果处理不善，就可能使矛盾升级，使自己处于被动不利的局面，甚至还会让自己陷入无边的烦恼，生活和工作都蒙上一层阴影。

宽容别人，其实也等于给了自己制胜的力量。事实证明，宽容大度的人更能得到别人的尊重和帮助，从而使自己有力地存活下来。

醉人的笑脸你有没有

李良旭

美国著名摄影大师史蒂夫·科尔在街头抓拍了一组照片，他将这些在街头抓拍的照片，举办了一个摄影展，展览的名称是：醉人的笑脸你有没有。

没想到，影展举办以来，吸引了大批观众前来观看，盛况空前。许多观众在这些摄影作品前流连忘返，有的人眼睛里，露出羡慕的神色；有的人脸上，露出沉思状；还有的人眼睛里，噙满了泪水……

这是一张大楼竣工典礼的照片。有人在大楼前燃起烟花，烟花在天空中绽放出艳丽的色彩，姹紫嫣红。路过的人群中，有的人捂着耳朵，有的人皱着眉，有的人嘴里嘟囔着。此时，只有路边一个六十多岁的流浪汉仰望着天空，脸上露出灿烂的微笑。流浪汉的脸上有许多污垢，头发零乱，衣服破旧，但他仰望天空，望着绽放的烟花，脸上的笑容，却是那样清澈、明媚。那一刻，他的笑脸，纤尘不染，好像连眉毛都在笑呢！

这是一张路边耍杂技的照片。耍杂技的是个三十多岁的中年人，他正在用双手抛六只彩球。有的人目不斜视地从这耍杂技的面前匆匆而过，有的人脸上露出不屑一顾的神色，也有的人脸色阴沉地从旁边走了过去。此时，只有一个七八岁的小男孩正目不转睛地看着那个耍杂技的人，他笑得

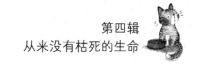

嘴都合不拢了。那满脸稚气的笑容，像清粼粼的溪水，纤尘不染。阳光温柔地洒在他的身上，散发着耀眼的光芒，像披上了一层金色的羽毛，熠熠生辉。

这是城市一个地铁通道处的照片。一个艺人正在神情专注地拉着小提琴。悠扬的琴声，在地铁通道口回响。可是，从他旁边经过的行人，全都行色匆匆，人们对这位拉小提琴的人熟视无睹。此时，只有一个六十多岁的老太太，她放下手中的蛇皮袋，脸上露出温暖的笑容，在静静地聆听眼前这人演奏小提琴。老太太花白的头发干枯、泛白，满是皱纹的脸上，烙上了深深的岁月风霜。但是，老太太的笑脸，是那样温馨、甜蜜，荡漾出明媚的色彩。

这是一家商店门口的照片。商家在门口搭了一个大台子，台子上铺着红地毯，台上一位演员正在演唱。可是，台前空荡荡的，几乎没有一个观众，只有一个手拿扫帚，身着环卫工制服的观众正仰着脸，忘情地望着台上演员的演唱。她咧开嘴，脸上露出灿烂的笑容，她的两颗门牙掉了，笑得格外清澈、明媚。

……

这一张张无声的笑容，仿佛一面镜子，照耀着人们的内心。人们不禁扪心自问，醉人的笑脸我有没有？

美国著名的《华盛顿邮报》在评论中指出：在这充满浮躁的社会中，我们常常失去一个人最宝贵的东西——笑脸。史蒂夫·科尔的《醉人的笑脸你有没有》的摄影作品，让我们看到了笑脸的珍贵和无价。拥有一张醉人的笑脸，就是拥有一种最宝贵的财富。笑脸，也是一种强大和无畏。

一念灭，一念起

李良旭

他来到人流涌动的人才交流市场，怀里揣着精心设计的几十份简历，想找份工作。看得出，他的心情很激动，脸上闪烁着急迫和兴奋的光芒。

人太多了，大厅里，人声嘈杂，空气污浊，他感觉心口堵得慌。他极力地伸长脖颈，眼睛瞪得大大的，看着那一个个招聘启事，生怕遗漏了一点。渐渐地，他的眉毛紧锁起来，目光变得黯淡下来，眼睛里流露出一种茫然和无助的神色。他感到自己这个三流大学的毕业生，要想在这找份满意的工作很难。

他挤进人群，将简历胡乱散发了几份出去，脸上露出一丝苦笑。

忽然，他的脑海里闪出一个念头：不找了！

这个念头一闪现，他立刻毫不犹豫地挤出人群，走了出来。他深深地呼吸了一下外面的新鲜空气，心里感到一阵舒坦。他望了望湛蓝的天空，天空上，几朵白云在悠悠飘浮着。不知为什么，他的心里有种清澈的感觉。

那个像烈火一样升腾起的找工作的念头，就这样熄灭了。他又想，不找工作，那干什么去？他摸了摸口袋里仅剩下的几张钞票，心里不禁一片茫然，眼睛里闪烁着一丝晶亮。

他漫无目的地在路边走着。他的思绪很乱，像蒙太奇一样。

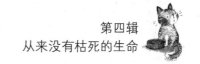

不经意地，路边有一个卖水果的老大娘引起了他的注意。老人七十多岁的样子，伛偻着背，花白的头发，脸上布满了皱纹。老人面前摆放的两篮子苹果，清香扑鼻，散发着诱人的色彩。看到有人从眼前走过，老人的脸上立刻露出温暖的笑容，她热情地吆喝着，声音洪亮、清脆。老人脸上的笑容，像盛开的菊花，婆娑、透迤。

看着老大娘卖水果的样子，忽然，一个念头在他脑海里升起：我也卖水果！

这个念头一闪起，他仿佛像吃了蜜似的，心里溢满了甜蜜。他想，老大娘这么大岁数了，可还在自食其力，让人敬佩和感动，我就学老大娘——卖水果。

说干就干，他来到水果批发市场，批来两箱苹果，然后来到菜市场。他把苹果摆放开来，看着眼前一个一个从他面前走过的人，他的脸上溢满了笑容。他想起了那卖水果的老大娘，他感到自己脸上的笑容有点像那老大娘。

很快，一个带孩子的女人在他的苹果摊前停了下来，她问了价格，然后蹲了下来，挑挑拣拣，买了几个苹果。他激动地称好苹果，收下女人递来的钱。

手里捏着那几张钞票，他的心里甭提多兴奋啦！他想，这做生意并不难啊，只要肯干，就一定能干出名堂来。

一天忙下来，他算了算，发现竟然赚了二十二块钱。他笑了，笑得很甜、很明媚……

人们很快地发现，菜市场一角，有一个戴眼镜的年轻人，每天固定在那卖水果。年轻人的笑容很灿烂，那笑容，有点像老大娘。看到那笑容，

总让人忍俊不禁。

他的水果品种渐渐地多了起来：苹果、香蕉、橘子、哈密瓜……从一开始是一辆破旧的自行车运货，渐渐地，他换了三轮车、电动三轮车。终于有一天，人们发现小伙子开着一辆面包车来了，身边还有一个穿粉红色衣服的姑娘，也在他身边帮忙。小伙子的脸上，多了一份自信和沉稳。

小伙子不再露天里卖水果了，他租了一个门面房，门面房里，不仅卖水果，还卖各种炒货兼批发。他的生意越做越大，还开了几个分店，手下有了十几个员工，人们开始称他为"老板"了。

有一天，来了一个记者采访他。记者问他是怎么想到自主创业的。

小伙子听了，眸子里闪烁着一丝晶亮，仿佛陷入到一种过往的回忆中，然后，缓缓地说道："一念灭，一念起。"

看到记者疑惑不解的神色，他解释道："我在求职中，感到很困厄、很茫然，突然间，那找工作的念头熄灭了。看到路边一个老大娘在卖水果，又一个念头升起——就学那老大娘卖水果。就这样，一路走来，我将生意渐渐做大了。"

他深情地说道："一念灭，一念起，人生的转折点就在这瞬间发生了改变，它让我看到了天堂的模样。"

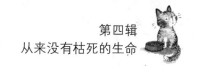
从来没有枯死的生命

李良旭

智利摄影师克劳迪奥·亚涅斯在海边摄影时，发现了沙滩上有一条干枯的死鱼。死鱼已死了很长时间了，只剩下一些骨架。海浪不时冲向它的身边，好像在深情地亲吻它；天空中，海鸥不时在它上面盘旋着，发出悦耳的叫声，好像在和它呢喃。

这一幕，深深地打动了亚涅斯的心。他仿佛看到那条干枯的死鱼又有了一种新的生命，正发出生命的歌唱。经过艺术处理，他拍下了躺在沙滩上那条干枯的死鱼。照片洗出来了后，这条枯死的小鱼，转换成沙滩上一朵鲜艳的花朵，娇艳欲滴。这朵鲜艳的花朵，就是从那条干枯的死鱼，延伸出来的一种新的生命。

这张照片在报纸上发表后，引起了读者强烈反响，人们纷纷称赞亚涅斯，觉得他拍摄的这张照片，蕴涵着深刻的生活哲理和人文思考，给人带来了强烈的视觉震撼和艺术效果。这张照片，最后还获得了智利最高摄影奖——21世纪智利青年摄影奖。

偶尔的成功，给了亚涅斯很大的信心和创作灵感，他仿佛找到了另一条摄影创作之路。就这样，他开始了一种全新的摄影探索和艺术追求。

他看到路边一根枯死的树桩。他在这根树桩前久久徘徊、凝视，目光

中，溢满了柔情。这根树桩上布满了尘土和蛛网，在常人的眼里，这根枯死的树桩，一点没有了生命的迹象。亚涅斯选择角度拍照后，经过艺术处理，这根枯死的树桩转换成了美丽、可爱的小山羊。小山羊眨着一双美丽的眼睛，正无忧无虑地吃着嫩绿的青草。

他看到垃圾筒里一块被人吃剩下来的半块面包。他将面包拿出来仔细观察着。一对青年男女卿卿我我走了过来，女孩看到亚涅斯手里拿着半块面包，嬉笑道："捡了半块面包，还这么左看右瞧的，好像捡了个什么宝贝似的。"

亚涅斯听了，深情地说道："是的，在我眼里它就是一块宝贝。"女孩听了，一下笑出声来。她说道："您这人说话可真逗人，不就是半块被人丢进垃圾桶里的面包吗？怎么成了宝贝了？"

亚涅斯说道："姑娘，你拿着这半块面包，你马上会看到一种神奇的效果。这不是魔术，是艺术。"

女孩拿起这半块面包，满脸疑惑地看着亚涅斯。亚涅斯举起手中的相机，调整好光圈和焦距，按下了快门，然后，亚涅斯将相机拿给女孩看。女孩看到，相机里刚刚拍下的照片：她手里托举的是一片丰收的稻田。

女孩看呆了，过了好一会儿，女孩才对男孩喃喃地说道："这看似被丢弃的半块面包，其实是一片丰收的稻田演变而来的。"她又对亚涅斯说道："谢谢您让我知道了这样一个浅显而深刻的道理，从来没有枯死的生命，一切生命将会以另一种形式出现。"

亚涅斯专门拍摄生活中那些没有生命迹象的东西，经过他艺术处理，这些过去看似没有生命的东西，以另一种形式，重新有了生命。他将被车碾死的小狗拍摄后，成了盛开在马路上的玫瑰；他将漂浮在水面上的死鱼

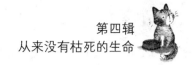

拍摄后，成了水面上欢快的鸭子；他将被人射杀的鸟禽，拍摄成了欣欣向荣的向日葵……

亚涅斯成了智利著名的另类摄影师，人们从他的摄影作品里，看到了燃烧的生命和希望，看到了珍惜生命、热爱生命的深刻和迫切。人们亲切地称他的摄影作品是"从来没有枯死的生命"。

理规之外的景观

程应峰

把几只蜜蜂和几只苍蝇装进一个无色透明玻璃瓶中，然后将瓶子平放，让瓶底朝着光亮，便会看到，蜜蜂不停地在瓶底上找出口，直到力竭倒毙为止；而苍蝇则会在不到两分钟的时间内，穿过另一端的瓶颈安然逃逸。事实上，正是由于蜜蜂对光亮的敏感，以为出口在有光亮的地方，才导致了它的消殒。而苍蝇对光亮并不敏感，才会不围于常规，发现出口。蜜蜂所以飞不出瓶子，就是因为太遵循理规。同样，人的一生如果总是死守理规，便会因此失去许多机会。

纷纭的民间传说中，崇阳有个黄廷煜，有一天，他出游江西修水县城，见一家颇有气势的门楼前聚了很多人，一打听，知道是一家名号"太乙堂"的老药铺房重金请人题店名。几个文士因客套在那儿你推我让。黄廷煜见了，说："先生们既然这般谦让，那我就不客气了。"那些文士见眼前的老者身穿短褂，脚踏麻鞋，像个长工脚夫，完全不知恭谦礼让，便有心看他的笑话。药店老板是个有见识的人，见黄廷煜虽然穿着不佳，但仙风道骨，气度不凡，便含笑让到了一边。只见黄廷煜飞身跃上七尺高的脚手架，大笔一挥写就了"大乙堂"三个字。老板一看哈哈大笑："先生才高八斗，这字颇具柳颜风骨。"当即令人拆了脚手架，设宴答谢黄廷煜。那班老文

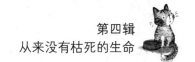

士见字体笔力遒劲，也一个个暗自佩服。看了一阵，其中有一人说："老先生，太字少了一点吧！"店老板一看，忙说："找张梯子来，让先生补一笔。"哪知黄廷煜怡然一笑，取过一张硬弓，将大笔搭在弓上，信手拉弦将笔"嗖"地射了出去。不偏不倚，"大乙堂"变成了"太乙堂"。就这样，不重客套的黄廷煜，写字也闹了个出人意料，成就了"箭笔改字"的佳话。

还有一次，黄廷煜在武昌遇到两个人，一个叫石文斗，一个叫潘丹月。他们因帮穷人打官司弄得身无分文。黄廷煜看他们是好样的，便给他们出了个主意，让石文斗卖黄鹤楼，潘丹月买黄鹤楼，卖价千两银子。还吩咐他们在写买契约时，在黄鹤楼的"鹤"字上做点文章。随后，找到一仗义富商借了三十两银子，拿着契约到江夏官衙去完税盖印。掌管契税的官员接过契约一看，上面写着："立卖黄鸟楼字，石文斗因经济拮据，合家情愿将黄鸟楼卖给潘丹月名下，永远营业，外人不得干涉……"契税官以为卖的是一家鸟类经营的店楼，便收了税银，在卖契上盖了鲜红的大印。第二天，二人来到黄鹤楼收租钱，游人说："黄鹤楼是公共场所，什么时候成了你们的私人财产？"潘丹月拿出契约，说："官府都承认是私人财产，买主当然可以收租钱。"这件事被江夏县令知道了，将潘丹月传了去，一看契约，还真的是黄鹤楼。再找来管契税的官员一对质，知道契约上的红印章也是真的。县官无奈，告知武昌府制台。制台是个明白人，说："这两个是吃诉讼饭的内行人，强行收纳卖契是不妥的，只能拿银子将黄鹤楼卖契赎回来。"江夏县令只得找到石、潘二人，好言相商，以百两银子赎回了契约。

　　理规之外，别具洞天。黄庭煜之所以被人传颂，正是因为具备了超越常理、打破常规的本领。可以说，超越常理，展现的是别样一种人生景观；打破常规，是让一个人步向成功的不二法门。

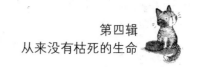

两瓶水击败对手

王凤英

拉斯维加斯是美国内华达州的最大城市，也是周围荒凉的沙漠和半沙漠地带唯一有泉水的绿洲。所以，这片神奇的土地日趋繁荣，而拉斯维加斯一向以赌博业为中心的庞大的旅游、购物、度假产业而著名，因此，各大酒店也是琳琅满目。

2006年，三十岁的卡特看着一家家生意兴隆的酒店，他很是羡慕，梦想着什么时候也能开一家属于自己的酒店，只是一直苦于没有合适的店面。没想到机会说来就来。在一家大型酒店旁边，房主因移民而将一个五层楼房低价转让，这无疑是个绝好的机会。得知消息后，卡特激动万分，接下来，谈判、筹款、接手，一切都进行得非常顺利。

为了与相邻的大酒店抗衡，卡特还专门请来了国家一流的设计师，一个月后，终于打造出一个以沙漠中的海市蜃楼为主题的"梦幻酒店"。看着如此金碧辉煌的杰作，卡特信心满满，终于在一个良辰吉日，他的"梦幻酒店"隆重开业了。

然而，令卡特措手不及的是，开业后，他的酒店便冷冷清清，而与他竞争的酒店仍然是生意兴隆。卡特每天就这样眼睁睁地看着客户走进对手的酒店，而他却束手无策。

就这样，一个月过去了，两个月过去了，他的酒店还是丝毫不见起色，他为此苦恼极了。如果再这样下去，他就必须将酒店关门大吉了，而他的梦想也会随之破灭。

这天，心灰意冷的他来到了附近一个村子里。以前，每当卡特遇到不顺心的事情时，他都喜欢到村里来找一个老人指点迷津，而这个老人早已和他成了忘年之交。

老人看出他愁眉不展的样子，便主动与他攀谈起来。于是，卡特将自己近期的遭遇一股脑地告诉了老人，并希望得到老人的明示。

老人听完他的诉说，并没有立即回答他，而是让他陪着自己一起到村外去散步。他心想，都火烧眉毛了，哪还有心思出去散步？但碍于老人的面子，也不好拒绝老人。他们一起走出了村庄，沿着崎岖的小路，不一会来到了村外一个集市上。只见前面几个卖桃子的商贩在那里吆喝着："卖桃了！卖桃了！好吃不贵。"可是，来他们的摊位前买桃子的人却寥寥无几，而其中有一个卖桃子的商贩虽然没有吆喝，但他的摊位前却围拢了很多人，这不禁引起卡特的注意。原来，这个商贩每卖出一袋桃子，都外加一瓶自来水。为此，这让他很不解，便上前问商贩："你为什么要送他们一瓶自来水呢？"商贩回答说："是这样的，我发现很多人买完桃子后，总是迫不及待地想尝尝鲜，于是就将桃子在衣角上擦一擦就吃掉了，这样很不卫生，再加上桃子上有毛刺，如果钻进衣服里会很痒的，所以送瓶自来水让他们便于洗桃吃。"

听了商贩的话，卡特突然恍然大悟。他急忙谢过身边的老人，转身回到了他的酒店。他首先跟一个纯净水公司签了合同，让他们每天保证送来所需的纯净水，又召集员工，如此布置了一番。之后，每当有客人来吃饭，

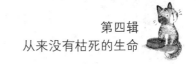

客人结完账后，服务员都会免费送上两瓶纯净水。久而久之，回头客也越来越多。

两年后，卡特的"梦幻酒店"，生意越来越火红，知名度也越来越高。而他对手的酒店却日渐衰败，不久后，便被"梦幻酒店"吞并。而卡特的酒店由此也跻身为世界最大的十大酒店之一。

成功后的他，当记者问起他怎么想起送水时，卡特说："是卖桃子的商贩提醒了我。因为在我们城市的周围属于沙漠和半沙漠地带，天气比较干燥，送两瓶清凉的水，让客人在沙漠里开车的时候不仅有水喝，而且更重要的是可以让客人体验一下被关怀的温暖。"

是的，正是这种细致入微的人性关怀，也才使卡特最终以两瓶水击败了对手。

梦有两面

程应峰

不同的人，对待同样的事情心态是不一样的。

有这样一个故事：一个考生在考试前做了三个梦，第一个梦梦到自己在墙上种白菜；第二个梦梦见在下雨天，他戴了斗笠还打伞；第三个梦梦到跟心爱的表妹脱光了衣服躺在一起，但是背靠着背。第二天一早，考生找到算命先生，让他解梦。算命先生一听，连连摇头说："你还是回家吧。你想想，高墙上种菜不是白费劲吗？戴斗笠打雨伞不是多此一举吗？跟表妹都脱光了躺在一张床上，却背靠背，不是没戏吗？"考生一听，心灰意冷，回店收拾包袱准备回家。店老板感到奇怪，问："明天不是要考试吗，你怎么今天就回去了？"考生如此这般说了一番。店老板乐了："这样啊，我也给你解一下。我倒觉得，你这次不留下来就太可惜了。墙上种菜说明你会高种（中），戴斗笠打伞说明你有备无患，你跟表妹脱光了背靠背躺着，说明你就要翻身了啊！"考生一听，很有道理，精神为之一振，以积极的心态应试，居然得了个第三名。

无独有偶，从前，有一位国王，梦见山倒了，水枯了，花也谢了，便叫王后给他解梦。王后说："大势不好，山倒了指江山要倒；水枯了指民众离心，君是舟，民是水，水枯了，舟也不能行了；花谢了指好景不长了。"

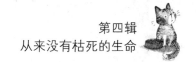

国王惊出一身冷汗，从此患病，且愈来愈重。一位大臣参见国王，国王在病榻上说出了他的心事。大臣一听，笑着说："这是好兆头，山倒了指从此天下太平；水枯指真龙现身，国王，你是真龙天子啊；花谢了，花谢见果子呀！"国王顿觉全身轻松，很快痊愈。

同样的梦境，算命先生的一席话和店老板的一席话，却有着天壤之别。前者让考生心灰意冷，未入考场，精神先垮下去了。后者却能够变消极为积极，让考生具备良好的心态，从而取得成功。王后和大臣不同的说法，也让国王有了截然不同的境遇。可见，消极的人看到的是困扰，让人感受到生活处处是阴影；积极的人看到的是希望，让心灵拥有更加广阔的晴空。

从两个故事的另一面看，任何人的生活，都会有为外界干扰、为旁人左右的时候，外来的因素总是起着或积极或消极的作用。所以，作为一个正常的人，在遇到生活的难题时，重要的是不管别人的心态如何，都要有自己正确的立场，保持良好的心态，否则一不小心，就会偏离正常的生活轨道。任何情况下，积极的心态有助于人们克服困难，看到希望，保持旺盛斗志；而消极的心态只会使人沮丧失望，对生活充满抱怨，甚至限制和扼杀自身的潜力。

拿破仑曾说："人与人之间只有很小的差异，但是这种很小的差异却可以造成巨大的差异。很小的差异即积极的心态还是消极的心态，巨大的差异就是成功和失败。"事实就是这样，成功和失败之间的区别在于心态的差异：即成功者着意亮化积极的一面，失败者一味强调消极的一面。

磨坊里的马和驴

周礼

那天，我去参加了一个十年一聚的同学会。见面后，大家亲切地询问起彼此的近况，特别是在事业方面都取得了哪些成就。不少同学都摇头叹息，表示情况不佳。经过一番了解，我发现尽管十年过去了，但我们绝大多数的同学还是毫无建树，平平凡凡。

后来有一个同学向我提到了李大超，他问我，你和李大超的关系最好，你们有联系吗？听说他开了一家公司，当大老板了。李大超开公司？我有些难以置信，我四下望了望，没有看见他的影子。李大超是我大学时的同桌、室友兼死党，和我的关系十分密切，但大学毕业后就失去了他的联系。只记得他平日嘻嘻哈哈，没个正经，总喜欢跟人开玩笑，哪像什么干大事业的人啊！正聊着，突然有人惊呼，李大超来了！于是大家都向酒店门口迎去。李大超西装革履地从"宝马"车内走了出来，看他的穿着与仪表，的确是一副有钱人的打扮。李大超一眼看见了人群中的我，他排开众人，来到我的面前，紧紧地握着我的手，激动地说："老大，十年不见了，都快想死俺了。"席间，同学们争先恐后地给李大超敬酒，并说些恭维奉承的话。一阵觥筹交错，酒酣耳热之后，大家纷纷向李大超淘取成功的秘诀。李大超谦虚地说："哪有什么秘诀，不过是运气好罢了！"大家不信，说他这

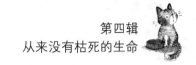

是敷衍，不够哥们。李大超急了，慌忙解释说："真没什么秘诀，如果大家硬要我谈点经验，我只能告诉大家，如果你认定了一个目标，就要勇敢地、坚定不移地一直走下去。"大家听后还是不信，但我却完全相信。

记得大学时一位教授曾给我们讲过一个故事，说的是唐太宗贞观年间，在长安城西的一家磨坊里，有一匹马和一头驴子。

它们是好朋友，马在外面拉东西，驴子在屋里推磨。贞观三年，这匹马被玄奘大师选中，出发经西域前往印度取经。

十七年后，这匹马驮着佛经回到长安。它重到磨坊会见驴子朋友。老马谈起这次旅途的经历：浩瀚无边的沙漠，高入云霄的山岭，凌峰的冰雪，热海的波澜……那些神话般的境界，使驴子听了极为惊异。驴子惊叹道："你有多么丰富的见闻啊！那么遥远的道路，我连想都不敢想。"老马说："其实，我们跨过的距离是大体相等的，当我向西域前行的时候，你一步也没停止。不同的是，我同玄奘大师有一个遥远的目标，按照始终如一的方向前进，所以我们打开了一个广阔的世界。而你被蒙住了眼睛，一生就围着磨盘打转，所以永远也走不出这个狭隘的天地。"

李大超不正是那匹随玄奘西行的白马吗？他能取得真经，其实一点也不奇怪。而我们之所以庸庸碌碌，一事无成，就在于我们只知道按部就班，墨守成规，日复一日地重复着手头的工作。

母亲的做饭哲学

王世虎

从小就爱吃母亲烧的饭，特别是她做的山东菜，不仅色香味俱全，里面更蕴涵着丰富的人生哲理。

母亲是土生土长的济南人，她的厨艺，净得外婆的真传，堪称一绝。每当家里来了客人，父亲都会自豪地让母亲露上一手，而她在重大场合最常做的，便是"酥菜"了。母亲说，在山东，老济南人逢年过节，都会做这道菜，现在济南好多地方还有卖的。

我第一次下厨帮母亲做酥菜是高三那年。那段时间，临近高考，我的压力特别大，每天都苦学到夜里十二点，但成绩却飘忽不定。周末，家里来了客人，我正躲在房间里复习功课，母亲忽然走了进来，笑着对我说："儿子，别老窝在屋里看书了，出来运动运动，给老妈在厨房打个下手，劳逸结合嘛！"

母亲做的果然又是酥菜！

这道菜的取料很寻常：鸡、肘子、鲫鱼、海带、藕、白菜、金针、鸡蛋等，但母亲却说，这是一道很讲究的菜，看着容易做着可不简单——做酥菜的鸡要现宰的活鸡，鲫鱼也要活的；肘子要带皮，以瘦多肥少的后肘为宜；白菜用开水烫下就可以了；藕要去节刮皮，稍微煮一下，不然酥出的菜发

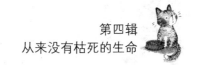

黑；金针去蒂捆；而鸡蛋要煮熟后去壳。原料弄好后，母亲便开始摆锅：高压锅的底层铺白菜；二层置鸡、肘子、鱼；三层为海带、藕、金针、鸡蛋，最后再覆上白菜叶，每层之间撒点葱姜，然后浇上花椒水。末了，母亲笑着说："你看，这做菜啊和学习做事一样，都要讲究规律方法，这样才能事半功倍！"

尔后，母亲又教我如何炒菜，什么东西应该先放，什么后放，何时放盐和配料，还边炒边说做饭是一种享受、一门艺术。而我的目光，则一直盯着旁边"嗞嗞"作响的高压锅。

渐渐地，高压锅的声音越来越小，我想酥菜可能炖好了吧，就迫不及待地伸手去揭锅盖。冷不防，母亲"啪"的把我手打住，说："不急，等气放完了再揭。"

见我一脸失落，母亲解释道："你看这压力锅，就这么个小小的散气孔，你必须耐心地等它把里面的热气彻底释放完了才能揭开，不然它就会爆炸！"

我若有所懂地点点头。母亲拉过我的手，语重心长地接着说道："孩子，其实这做人和学习也是一样，不能急功近利，而要学会释放自己的心情。有时候，紧张无序的忙碌未必有多大的效果，反而会在心里积聚更多的烦躁和不安，如果不懂得适当释放一下，也会爆炸的……"

母亲娓娓道来，我没有想到，一向话语不多的她竟能说出如此富有哲理的话来。我忽然顿悟：原来，她一早就看出了我忙碌学习中的焦躁与不安，而特意安排了这一幕啊！

我的心中一暖，上前紧紧抱住了母亲。我突然感觉到，有一个会做饭的母亲，并沐浴在她朴实而平凡的做饭哲学中，是如此的幸福！

　　高考后，我如愿考上了心仪的大学。接着，毕业、工作、结婚、生子，并留在了大城市生活，从此，便很少再吃到母亲亲手做的饭菜了。可是，多少个月圆的日子啊，我都会无比怀念酥菜的味道，那种谆谆的香味，弥漫着浓浓的母爱，必将成为我生命里最美好的回忆！

你的特长，我的希望

余显斌

罗常培先生有个特点，爱夸人，只要发现对方有所特长，是不吝其词进行赞美的。

他喜欢两种学生，一种是刻苦治学的，用他的话说，学问出自刻苦，没有刻苦，哪来的成就，哪来的著作？另一方面，他又不否认天赋，不否认聪明才智。对于这样的学生，他同样也赞不绝口。一次，西南联大的一个学生毕业，想要寻找一份工作，找到罗常培先生。这个学生是属于天姿英发型的，很得罗常培先生的喜爱，他听到学生的要求后，想到了联大的先修班，那儿需要一个老师，于是，马上提笔写信，向先修班的班主任李继侗先生竭力推荐自己的这位得意门生。在信中，罗常培先生的赞美之词，时时流露，到了最后，意犹未尽地补上一句："该生素具创作凤慧。"在他看来，这一句大概是最具说服力的，也是他认为最值得聘用的地方吧。

李继侗先生和罗常培先生竟然心有灵犀，看法相同，看罢来信，呵呵一笑，收下了这个"素具创作凤慧"的学生，让他任教于自己的学校。

另一个学生，竟然因为一首小词，获得了罗常培先生超乎寻常的称赞。

西南联大的一个学生画了一幅抽象派画，觉得很得意，提起笔在画的下方题了一句诗道："愿殿堂毁塌于建成之先"，这诗也很深奥，很富于

想象力的。另一个同学见了这画，还有这句诗，一时浮想联翩，才思泉涌，忍不住手痒难熬，提起笔来，就在上面龙飞凤舞地填了一首词，辍笔扬长而去。

事情，就这么过去了。

罗常培先生教授学生诗法，那天下课后，布置了一道作业题，是关乎诗法的，让大家完成后交上来。这个题目太大了，大家都挠着脑袋，不知道该如何下手，苦恼不已。那个画画的同学挠着脑袋，突然眼睛一亮，灵机一动，不做作业了，等到收作业时，他就把这幅画交了上去。在他想来，罗先生要画有画，要诗有诗，也算自己完成了任务。

谁知，罗常培先生看到这份作业后，立马睁大了眼睛，把这个画画的同学叫了去，大夸他的作业有创意，有见解，让人耳目一新。那个同学得到表扬，乐得嘎嘎的，轻声问罗常培先生："你也喜欢这幅画啊？"

罗常培先生摇着头，告诉他，自己不是欣赏那幅画，是欣赏那首词，真是太有文采，太有创意了。那个同学低着头告诉他，画是自己的，至于词嘛，他老夫子夸错对象了，那是另一个同学填的，自己不敢窃为己有。

罗常培听了，马上找到那个填词的学生，赞不绝口。

更出人意料的是，第二天在课堂上，他老夫子竟然还拿出一首诗，是专门赞美这个填词学生的，中间有一联道："自是君身有仙骨，剪裁妙处不须论。"意思是，同学啊，你实在有仙风道骨，有苏东坡那样的诗才，才能填出这样妙趣天成的词，这种裁剪手法，我们这些凡夫俗子，是无论如何也难以评论的啊。

夸学生夸到如此地步，也算是前无古人的。

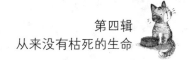

发现别人一点长处，如同自己的，欣喜之余，赞不绝口，甚至夸大其词也不觉过分，这样，学生才会努力向善，才积极进取。这，大概也是西南联大学子勤学不辍的一个原因吧。

巧言谏国君

卢志容

晏平仲即晏子，名婴字仲谥平，世称平仲，是春秋后期一位重要的政治家、思想家、外交家，历任齐国三朝国相，辅政达四十余年。晏子素以爱国忧民、深谋远虑、才思敏捷、能言善辩著称于世，堪称一代名相，他以自己的言谈举止，在历史的舞台上演绎了一出出生动的活剧。

有一次，一向爱鸟如命的齐景公得到一只漂亮的小鸟，爱不释手，就派一个叫烛邹的人专门负责看管喂养，随时供他玩乐。谁知几天后，不知怎么那只鸟飞跑了。齐景公非常恼火，决定杀死烛邹。

晏子得知此事后赶忙请求说："大王，是不是先让我宣布一下烛邹的罪状，然后您再杀他，也好让他死个明白？"齐景公答应了。

晏子严厉地对烛邹说："你犯了十恶不赦的死罪知道吗？你的罪状有三条：第一，大王叫你养鸟，你却让鸟飞跑了；第二，由于你的失职，使国君为一只鸟就要杀人；最重要的是第三条，这件事如果让各国诸侯知道了，他们就会认为我们的国君只看重鸟而轻视人的生命，从而鄙视我们，甚至骂我们的国君草菅人命。你犯了这三条死罪，所以现在要杀死你。"说完，晏子回身对齐景公说："请大王下令吧！"

听了晏子宣布的三条罪状，齐景公明白了晏子的意思，说："算了，

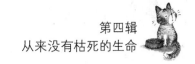

把他放了吧，我现在不想杀他了。"接着，走到晏子面前拱手说："若不是你的开导，我险些犯了大错呀！"

幸好这位国君还未丧失良知，受晏子的旁敲侧击，烛邹才免于一死。这就是晏子用自己的智慧巧言规劝齐景公，挽救养鸟人烛邹性命的故事。

齐景公好色贪杯。一次，他抱着美女饮酒，一连三天三夜不停杯，还不许任何人劝阻。奸佞小人阿谀逢迎，乘机陪伴作乐；忠臣良将心急如焚，又无可奈何。大臣弦章实在看不过，情急之中冒死上前进谏道："大王，您饮酒三天三夜了，不理朝政，这样下去怎么得了？我请求您立刻停止，如若不然，那就请大王把我杀了吧！"弦章这叫死谏。

齐景公已经喝得昏天黑地，神志恍惚，弦章的话他当然听不进。他正要发作，这时晏子入见。齐景公口齿含混地说："弦章竟然敢阻止寡人饮酒作乐，他好大的胆，我真想杀了他。如果我听从他的话，不是臣子来管寡人了吗？可是反过来说，如果我把他杀了，我又有点舍不得啊。你说我该怎样处置他？"

晏子回答道："大王，弦章是幸遇明君啊！如果他碰到殷纣那样的昏君，早就被杀了，哪里还能活到今天！"

齐景公也是个爱"戴高帽"的人，晏子只一句话，就使他犹如醍醐灌顶，脑子一下子清醒了许多，于是立刻停止了饮酒。

平心而论，弦章的死谏，把一个一国之君推入了两难的境地：听弦章的话，显得君为臣所制，一贯凌驾于万人之上的齐景公太失面子；如果不听，就要把忠心耿耿的弦章推向死亡。对弦章，杀还是不杀，齐景公两难。晏婴一句话便将齐景公从两难的尴尬境地拉了回来，既保全了他的面子，又挽救了弦章的性命，并促使齐景公不再沉湎于酒色。晏子的聪明才智和

杰出口才真让人叫绝。

齐景公"好治宫室",他征调了许多民工,准备为他扩建亭台楼阁假山池塘,供他玩耍享乐。当时正值秋收季节,民工们却不能回家去收割庄稼,一个个暗自叫苦,敢怒而不敢言。

为了营造声势,齐景公特意请来许多贵宾,举办了一个大型开工饮宴。

晏子奉命前往陪侍,却是忧心忡忡。但是他没有直接劝阻景公停止施工,因为那是肯定不能奏效的。他用了一个迂回的策略,待酒过三巡之后,晏子即席起舞,并自舞自唱起来:"岁已暮矣,而禾不获,忽忽矣若之何?岁已寒矣,而役不罢,惙惙矣如之何?……"晏子唱得声泪俱下,舞得凄凄切切,无比深沉的歌声唱出了民工们想说而不敢说的苦衷。

酒酣耳热的齐景公见此情景,起初还不很在意,听着听着就也感到心中不安起来了,于是就下令将工程停了,让所有民工回家收割庄稼。这是晏子凭借自己的才艺将一场宫廷的饮宴歌舞,变成了一次有具体政治内容的讽喻歌舞,并且收到了极好的效果。

由此可见,谏诤一事,绝非单凭勇气所能为。晏子不是死谏的人,他实在是个绝代奇才,能用玩笑、讽喻、反语等人们不易想到的方法去谏诤,而这些方法往往能够取得意想不到的效果。

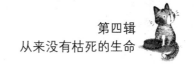

人生中的麦穗

周礼

一天，古希腊哲学家苏格拉底把他的学生叫到一块成熟的麦田前，并对他们说："咱们来玩一个游戏，看谁能摘到麦田里最大的麦穗，条件是只许进不许退，最终的胜利者将获得特别嘉奖。"说完，苏格拉底奔向了麦田的尽头。

学生们听罢，兴高采烈地走进麦田，然后认真地搜寻着最大的那根麦穗。起初，他们信心百倍，以为这个任务很容易完成，但到了麦田里才惊讶地发现，麦穗成千上万，并且大小看起来都差不多，到底哪一根才是最大的呢？学生们看看这株，摇了摇头；瞧瞧那株，还是摇了摇头。有时他们也会寻到一两根自认为最大的麦穗，但与后面摘到的一比较，才发现它不是最大的，于是便随手丢弃了。就这样，学生们一路前行，左挑挑，右选选，不知不觉，他们走到了麦田的尽头，而此刻，大家依然两手空空，始终没有找到最满意的那根麦穗。

学生们垂头丧气地站在麦田边，他们的心里充满了懊悔。苏格拉底看在眼里，微笑着对他们说："这块麦田里肯定有一根最大的麦穗，但你们不一定看得见，即使看见了，也无法准确地判断出来，因此，摘到你们手里的才是最大的麦穗。"学生们听后恍然大悟，之前他们一直觉得机会还

有很多，最好的、最大的麦穗一定在后面，用不着急于下手，而事实上，机会稍纵即逝，一旦错过了就再也找不回来。

其实，我们的人生也犹如行走在一片漫无边际的麦田里，每个人都在寻找最大的那根"麦穗"。不过，在机遇面前，有的人瞻前顾后，停步不前；有的人东张西望，优柔寡断。结果，丢了西瓜，捡了芝麻，与成功失之交臂。诚然，追求最大的"麦穗"并没有什么不对，但把眼前那根"麦穗"握在手里，才是最实在的，也是最聪明的做法。人的生命是有限的，机会也不可能永远摆在那儿，我们必须摒弃心中的贪念，摆脱各种各样的诱惑，及时做出决断，摘下那根颗粒饱满的"麦穗"。

意大利著名歌唱家帕瓦罗蒂小时候在一篇作文中写道：我有两个梦想，一是做一名受人尊敬的教师，二是做一个有名的歌唱家。他把这篇作文交给父亲看，并希望得到他的支持。父亲看后，慈爱地抚摸着他的头说："孩子，你有远大的理想，我们非常高兴，也为你感到骄傲，但你必须在当教师和歌唱家之间做出一个选择，这就好比你同时坐在两张椅子上，很可能会从椅子中间掉下来，要想坐得安稳，坐得舒适，你就只能坐一把椅子。"后来，帕瓦罗蒂听从了父亲的建议，选择了唱歌，并孜孜不倦地为着这个梦想而奋斗，多年后，他终于摘到了人生中最大的"麦穗"，成为世界著名的意大利男高音歌唱家。

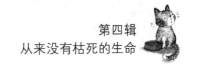

善良是生命开出的一朵花

王世虎

艾森豪威尔是美国第三十四任总统，也是美国历史上唯一拥有"五星上将"荣誉称号的总统。

1944年，第二次世界大战进入全面反攻阶段。一天，作为欧洲盟军远征军总司令的艾森豪威尔要从法国某地返回总部，参加一个十分重要的军事会议。

那天，欧洲普降大雪，天气非常恶劣，汽车在泥泞不堪的道路上艰难前行。忽然，艾森豪威尔发现路边依偎着两个人，正冻得瑟瑟发抖。他命令司机停车，让翻译官下去询问情况。原来，这是一对法国老夫妇，准备去巴黎投奔儿子，可汽车却在中途抛锚了，茫茫大雪中，连个人影都看不到，他们正绝望得不知如何才好。

见艾森豪威尔眼中流露出悲悯，一旁的参谋长急忙提醒道："长官，我们还有重要的事要办，这种小事还是交给当地警方来处理吧！"

艾森豪威尔严肃地说："等警方赶来，他们可能早就冻死了！"说完，他立即把老夫妇俩请上了车，先绕道将他们送到了巴黎儿子的家，才匆匆赶回了总部。

事后，盟军情报部门得到的消息让所有人都大吃一惊——原来那天，

希特勒早就窃取到了艾森豪威尔的行踪，并且布控了一个周密的刺杀计划，挑选了枪法最精准的狙击手埋伏在艾森豪威尔回总部所必经的路上。希特勒认为，艾森豪威尔这次死定了，哪知，刺杀计划最终却落了空。希特勒勃然大怒，以为是情报不准确，他哪里知道，一切的变故，只是因为艾森豪威尔为了搭救一对落难的老夫妇，而不惜改变了原有的行车路线而已。

身为一名高高在上的统帅，艾森豪威尔本可以高傲地俯瞰万物，不用管这些琐屑小事，但他并没有轻易泯灭自己心中的良知。艾森豪威尔一个小小的善念，不仅帮助了他人，也拯救了自己。

一个月黑风高的夜晚，在一列高速行驶的火车上，一个小偷在行窃时被乘警发现。小偷拼命前逃，乘警穷追不舍。

突然，不知什么原因，火车来了个紧急刹车。刚好旁边有一面敞开的窗户，小偷顿时喜上心头，只要从窗户里跳出去，就可以溜之大吉了。

小偷矫健地跳上座位，双手扒住窗口，他只需双脚轻轻一点，就可以跳出火车摆脱乘警的追赶了。这时，小偷无意中用眼角扫了一下身后，猛然发现行李架上的一个黑色皮箱因为火车紧急刹车的缘故而发生倾斜，正慢慢往下滑落。行李架的下面，坐着一个三四岁的小女孩，一旦行李箱砸下来，后果不堪设想。女孩长得很可爱，冲小偷甜蜜微笑着。小偷忽然想起了自己心爱的女儿，她和小女孩一般大小，如果不是因为女儿生了重病急需要用钱，他也不会去干非法的事。想到这里，小偷心软了，他毫不犹豫地转过身，用自己的身体护住了小女孩。随着"嘭"的一声闷响，小偷被滑落下来的皮箱狠狠砸中，与此同时，乘警也追了上来。

小偷被抓住了，钱包归还给了乘客。因为小偷的"见义勇为"，不少人都为他求情。乘警感慨地说："年轻人，你知道吗？火车刚才正停在一

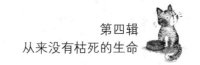

座高架桥上，两边都是万丈深渊，无论你从哪个窗口跳下去，都会摔得粉身碎骨！"

小偷听后，唏嘘不已。他没想到，那一瞬间从自己内心深处迸发出来的善良火花，不仅减轻了自己的罪责，更拯救了自己的生命。

人最宝贵的品质是什么？法国浪漫主义文学巨匠雨果说："是善良。"美国大作家马克·吐温也曾说："善良是人类历史上最稀有的珍珠，是一种世界通用的语言，它可以使盲人'看到'、使聋子'听到'。"善良的人，光明磊落，敢于对人敞开心扉，乐于与人友好相处，这样的人，心中常有愉悦之感，而与这样的人相处，也会使人备感轻松。

所以，任何时候，我们都要心存善念。"送人玫瑰，手留余香"，对别人多一份理解，多一份关心，多一份宽容，其实也是在善待和帮助自己。善良的心，像金子一样闪光，更像甘露一样纯洁和晶莹。而善良，则是生命开出的一朵花，这朵花，娇艳，温暖，在孤独的时候帮我们驱赶寒冷，在艰难的时候帮我们横扫阴霾；这朵花，使人情操变得高尚，灵魂变得纯洁，胸怀更加宽广，也让我们生活的这个世界分外美丽动人。

生活的智慧

王世虎

　　闲来无事，读书看报，无意间看见这样一则充满哲理的笑话：说一个年轻人搭出租车去一个生疏的地方，一路上非常不顺，连遇几个红灯，眼看着就要到目的地了，却又遇红灯。年轻人不免牢骚满腹地叹气道："唉，今天真倒霉，一路红灯，老是最后一名差一步！"这时，一旁开车的老司机淡然笑道："小伙子，我觉得一点也不倒霉。上帝很公平，因为，绿灯亮起时我们总是第一个走啊！"听完司机的话，让人心中不由猛地明亮宽敞了起来，想必小伙子心里的怨气也会消减不少。而能脱口而出如此睿智的回答，如果不是对生活充满了乐观和豁达，又岂能顿悟？

　　这，就是生活的智慧。

　　同样，我想坐过火车的人也都有过这样的遭遇：明明注明某个时刻到达的列车却总会因为各种原因而晚点个二三十分钟。如果距离近也就罢了，要是远的话，就免不了要发泄一番——责骂列车，责骂铁路部门，进而责骂中国整个交通运输系统——仿佛骂完了自己就舒坦了，火车就会因此而不迟到了似的。可下次有事外出，还是要坐火车，还是会晚点。

　　一个朋友，"十一"假期来我所在的城市游玩。电话里，他信誓旦旦地告诉我说火车下午六点到，于是，我五点半就赶往火车站接人。可是紧

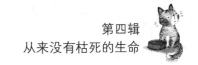

等慢等，都六点半了火车也没到，我焦急得不停地跺脚，心里烦躁极了。最后，火车竟晚点了整整一个小时。看见朋友风尘仆仆地从出站口走出来，我正准备先骂几句牢骚话替他解气呢，哪知，朋友却兴奋地寒暄道："呵呵，这次又赚铁道部便宜了，只掏了八个小时的钱却坐了九个小时的火车。"我一愣，半晌，才平静下来。

说实话，我很佩服这个朋友，羡慕他有如此乐观的心态，不仅使自己一路的困顿消失无遗，也使我这个接车人心中的怨愤减轻不少。

翌日，陪这位朋友去市里最繁华的钟鼓楼广场转悠。由于是节假日，游人很多，各商家卖场也是乘机大肆做宣传，走了不到 100 米，手中便塞满了五花八门的促销广告单。正寻思着找个垃圾桶把废纸扔了，冷不防发现前面路旁正放着两个敞口的大麻袋，里面装满了杂物，遂把手中的广告单页丢了进去。本以为这是广场环卫部门临时准备的应急垃圾桶，猛然发现旁边一个民工模样的中年男人对我点头致谢——原来，这是一个拾荒人的"智慧创举"。

惊叹之余，不免赞赏起他来：同样是捡垃圾，在别的拾荒者四处奔波甚至掏肮脏垃圾桶的时候，他却能转被动为主动，收获亦比别人多得多。

说实话，这都是我们日常生活中一些很常见的小事，可是由于事情的主人公稍微转变了一下思维，给生活加入了一些智慧，却获得了意想不到的结果，也使我们这些局外人有种醍醐灌顶、茅塞顿开的感悟。

我们常常感叹压力太大，生活很累；喟叹命运对自己不济，社会对自己不公，殊不知，有时候，在日常的生活和工作中，只要我们稍微加入一点智慧，让思维转个弯，便能柳暗花明，获得另一番蔚蓝的天空。

我至今都很喜欢这句名言：播下一种思想，收获一种行为；播下一种

行为，收获一种习惯；播下一种习惯，收获一种性格；播下一种性格，收获一种命运。它很好地诠释了思维与命运之间的关系。人生大势，成败与否，在乎一心。我们每个人都在用自己的思维和理念来决定自己的生活状态，并诠释将来的成功、失败或者命运。

　　一直以来，我以为美丽的东西当如花之玫瑰，马之赤兔，人之西施，却不曾想到，原来，生活中的智慧也能如此美丽动人！

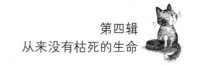

别等幸福来敲门

张金凤

在我们故乡，每个女孩子小时候都听过乞丐姑娘独夺金印的故事。

从前，有母女二人相依为命。女儿美丽聪明，勤劳能干，缝洗织补，描龙绣凤，用自己勤劳的双手养活她年迈多病的母亲。母女俩日子寒苦倒也相安。

有一年，天遭大旱，方圆百里的庄稼颗粒无收，许多人家背井离乡到外地谋生。姑娘找不到一点活计和出路，母亲又年老体衰，根本没办法逃荒远行。于是，年轻美丽的姑娘只好去乞讨奉养母亲。她每天奔波在外，在一些境况略好的人家门前乞讨残羹冷炙。但是，饥荒之年，谁家都得半饥半饱，精打细算，哪有多余的粮食打发叫花子？她能讨到的食物越来越少，以至于有三天没有讨到一点食物，母亲三天没吃到粮食，生命危在旦夕。姑娘心焦如焚，就跑到更远的人烟稠密的地方挨家挨户去讨饭。苍天垂怜，她终于讨到一个玉米饼子，此时太阳已经挂在了树梢。

就在这黄昏时候，姑娘拿着饼子飞快向家跑，她想早一点进家门，早一点让母亲那辘辘饥肠得到安抚。但是前面熙熙攘攘的人群堵住了去路。原来是本国的王子要在民间挑选王妃。来应选的姑娘们众多，来看热闹的老百姓更多，路被堵得死死的。姑娘的心动了，她想，如果自己有幸被王

子选中成了王妃，母亲不是就永远不用担心挨饿了吗？于是姑娘想挤到前面去，让王子看到她。但人群摩肩接踵，根本挤不进去，姑娘挤出一身汗也没有丝毫进展。

着急的姑娘突然停止了拥挤，她冷静地想了想，开始环顾四周。突然，她转身朝远处的土墙跑去，她倾尽全力爬到墙头上，终于看见了骑在高头大马上的王子，英俊威武的王子瞬间打动了姑娘。姑娘高举着玉米面饼子，不断地向王子挥手，边挥手便用动听的喉咙唱山歌一样地呐喊。

王子被优美的声音吸引，沿着声音寻找，他惊呆了，他看见远处有条金黄的巨龙。巨龙正驮着一个手执金印的姑娘，那姑娘用天籁般的声音正在安抚众生，唤醒善良。原来这王子是国王的三个儿子之一，此次选妃之前，曾经梦见神仙指点，这次选妃如果选中有福分的民间姑娘，则有希望继承父王的王位。王子看见这个骑金龙、挥金印的姑娘如同天降，再定睛一看，姑娘貌若天仙，王子忽略了姑娘的赤脚和破衣烂衫，一下子就选定了她。

姑娘实现了她的愿望，当上了王妃，她的母亲再也不用忍受饥寒。曾经在民间最底层生活的乞丐姑娘，懂得体恤民间疾苦，帮王子做了许多对民众有益的事情，王子的口碑越来越好，老王果然将王位传给了这个王子。姑娘最后当上了王后。

乡间老人们讲这个故事的时候，没有太多的补叙，但故事本身在让许多女孩子想入非非的同时，也引发了诸多思考。一个乞丐姑娘为什么能够博得王子倾心而在选妃中一举中的？首先是孝心，孝心是姑娘能够成功竞选王妃的基础，姑娘的急中生智骑到墙头上去吸引王子的行为，是因为她最基本的愿望是当上王妃好供养母亲，而没有想到自己的荣华富贵。一个有极大孝心的人，上天总会眷顾她给她一个好的去处。乞丐姑娘的成功还

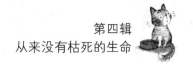

在于她敢想敢做，没有顾忌自己的乞丐身份与王子是否匹配，会不会招惹众人的讥笑，在机遇面前，她果断前行。乞丐姑娘夺得王子垂青的最关键之处是她避开众人的拥挤，退而求捷径。她在困难面前显然开始是失败的，她作为一个后来者，拥挤不进去，多少好事都轮不到她，于是，她置之死地而后生，果断地放弃了竞争，选择退出。这个退出是表面的，是她在想一条逾越现实困境的道路，于是她四顾寻找，看见了制高点。当骑在墙头上，处在一个可以伸手摘取果实的位置时，她没有痴痴地看，傻傻地等，是的，生活很多的时候不是等幸福来敲门，而是你要走出去，看看，幸福是否就徘徊在楼道里，正犹豫该敲谁的门。姑娘不等幸福来敲门，它主动出击，喊着，挥手，恰恰这一喊一挥，那墙也不是墙了，仿佛驮她腾飞的金龙，那金黄的玉米饼子也成了金灿灿的金印。事在人为，人为则天助。所以姑娘成了那个幸运儿，比灰姑娘的故事传奇，但比灰姑娘的故事现实，更有意义。

大多数人是出身平凡的，初涉人世、创业之初，正如一个衣裳破旧的少女，在人生路上艰难跋涉。当机遇来临的时候，你或许并不占优势，但是你需要主动出击，用智慧去做。不用顾影自卑，也许恰恰你的破饼子就是别人眼中的金印，一截在别人眼中挡路的土墙也许就是你接近成功的阶梯，成为助你飞腾的金龙。谋事在人，成事在天。别等幸福来敲门，只要你认真去谋划，认真去追求，成与不成，都是胜利者。

选准道路再奔跑

张金凤

　　我们一家三兄妹的梦想，大约是从 1983 年春天开始。在镇上当工人的父亲，分到了一张电视机的购买票，这在我们村是史无前例的大事，于是全家族包括亲戚们倾力集资，我家举债将一台 14 寸的黑白电视机搬回家。自此家里热闹了，每天晚上那么多乡亲来家看电视，挤破门框，踏碎门槛。看电视的邻居七嘴八舌各有所好，我们六口之家，意见也很不统一。奶奶要看戏，爸爸要看新闻，母亲喜欢看电视剧，而哥哥喜欢的体育节目和我喜欢的娱乐节目根本就没有发言权。

　　记得 1984 年夏日的一天，天已经黑透了，表叔骑着从邻居家里借的自行车从十几里远的山沟赶来我家。他说："我婶子家的儿子，你们还记得吗，叫轮子的那个大高个，今天晚上上电视，你家有电视，我是来通知你们看的。"他那兴高采烈的劲头感染我们，父亲催促着快吃饭，又让我们去通知邻居来看我们家的亲戚上电视。大家摩拳擦掌决计今天晚上专看轮子。我知道轮子，以前到表叔家出门看见过他，又高又瘦又结实，还特别黑。他外号叫兔子，因为他跑得特别快，他学校离家几里山路，他每天跑着上学。他最让我们佩服的是能捉住兔子，在来来回回的上学途中，尤其是秋天，他撵得肉滚滚的兔子跑直了腿，不得不成为他家碗里的美餐。

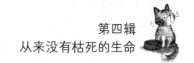

邻居们常拿轮子教育孩子：你要有出息跟轮子学跑去，每年撵回的兔子都不用买肉，还白赚兔皮。有一年的正月里，我曾经亲眼看见他将一只狗追上。

"轮子因为什么上电视呀？"我们迫不及待地问。"因为跑得快呀，让省里给选了去，又送去奥运会了，你们不知道奥运会呀，全世界最大的运动会，全世界的啊。"平时木讷很少说话的表叔像换了个人，神采飞扬滔滔不绝地讲奥运会。"可惜轮子八十多岁的奶奶，要跟着我来看孙子上电视，这黑灯瞎火的山路我怎么敢带她。轮子在国家队训练，已经有两年没回家了。"

家里挤得水泄不通。我们调好了台，但轮子总也不出，表叔说不急不急。我们看跳水，看射箭，看了很多项目，突然表叔说："赛跑马上开始了，大家快看。"于是大家屏住呼吸。我们看见很多运动员在排队，突然二哥说："轮子，在第二排。"说着窜到电视机前指着屏幕。大家都在人群里搜索着，有的说看见了，有的还在问哪个呀。枪响了，黑压压的人群在不紧不慢地跑着。邻居二香问："怎么赛跑这么慢？"表叔说："这是马拉松，跑好几十里地呢，怎么敢跑快了。"轮子在镜头前就那么一晃而过，再后来，镜头一直追着前面几个黑皮肤的、白皮肤的外国人。我们一直精力集中地等待轮子再次出现在镜头前，结果令我们很失望，直到结束也没再看见他。他并没有得奖。

表叔看出了我们的失望，说："能在奥运会上露个面就不错了，这次没得，下一次肯定得奖。你们也得努力，哪天也看看你们上电视啊，叔还来看。"

夜深了，表叔摸黑回去了，他说轮子的奶奶、父母和邻居都在家等他的消息呢。

自那之后，哥哥们迷上了运动。大哥发誓要练射箭。他找了最好的竹子，剖开来做成弓，又用最好的绵槐条做了五支箭，他的箭每根箭头都嵌上了钢钉，这钢钉是他用一担青草跟老木匠换的。他在墙外立了个靶子，有空就练，竟然颇有成效。当他练的能百发百中的时候，他开始琢磨用活物练习。小伙伴们建议他射老赖家那只母狗，那只母狗劣迹斑斑，曾经咬伤过不少人，大家都恨它。大哥欣然应允，那狗见异物飞来，早有防范，夹着尾巴逃窜。看见那母狗灰溜溜的惨相，小伙伴们非常开心，纷纷回家造弓箭射狗，不几天把只狗射得血肉模糊。老赖急吼吼地找上门来，又找到学校，校长于是来了个全部查抄，哥哥的弓箭被没收了去。大哥的奥运冠军梦也告一段落。

那次奥运会让对二哥触动最大的是撑杆跳高，那简直是飞人了。他找了一根木头杆子昼夜练习。去干活的时候，二哥撑着杆子，在田地里上下翻飞。一天，他觉得自己的功夫练得可以了，就撑着杆子往猪窝上跳。也是那猪窝年久木乏，他跳过几次之后，竟然将猪窝踩穿了。这次的损失是不小的，踩碎了三页瓦，二哥的胳臂和脸都擦破了皮，还把那只唯一的小猪惊得几天不吃食，找兽医打过两针才好。母亲说："别折腾了，你们上不了奥运会，轮子那么厉害也只是露了个脸。"但是二哥不服气，将公开练习转到地下。

我和堂妹小霞也曾跃跃欲试。我们喜欢女子跳水，那从空而降的优美，那入水一刻的洒脱太让人神往了。但是连游泳都不会的我们怎么可能跳水呢？那时候天气还热，我俩就偷偷下河练习游泳。为了避免发生意外，我从家里偷了根绳子拴在腰上，让小霞在岸上拽着。我扑通了半天并不敢到深水里去，呛得眼泪鼻涕直流也没有丝毫进步。小霞更不是游泳的料，她

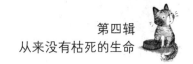

长的膀大腰圆，像头小狗熊，小我一岁却比我高半头。她一到水里就往下沉，糟糕的是我竟然拽不动她，最后拽上来已经喝半肚子水了。小霞说："我不想上电视了，打死我我也不学游泳了。"就这样，我们俩的奥运冠军梦不等谁来阻挠制止就自行破灭了。

不甘心的大哥带领我们去找轮子，是轮子休假回山村的时候。大哥要让轮子看看自己到底还行不行。轮子对俩哥哥夸奖了一番，说，人的梦想和现实不一定在一条道上，你要将梦想放在你有特长的那条道上，再去奔跑才会胜利。我们听不明白轮子的话，他现在是教练，有那么多大道理。轮子又说："比如我，一直想当山歌王的，我那么喜欢唱歌，在学校还积极参加合唱团。但是音乐老师说我不合适，后来我自己也觉得不合适。你看，喜欢是另外一回事，如果我一直在唱歌的道路上拼搏，拼搏多久都不会有什么成果，我的嗓音条件和乐感都不及一般，我只是自己喜欢而已。"

先选好自己的路再去尽力奔跑。这句话曾经在一个阶段打击过我，也过早地让我懂得选择比奔跑还重要。及早努力地选出自己该去尽力拼搏的那条道路，然后全力拼搏。想想我后来人生的诸多选择，都是这句话在指导。喜欢是另外一回事，要想成功，捷径是首先选好适合你奔跑的道路。

十八岁的夏天

王双增

十八岁那年高考惨败，父亲看出我没希望了，让我跟着他去收购李子。

八月的天气很闷热，没有一丝风。我们在邻县乡下一个凉亭里忙得不可开交，我记账算钱，父亲和卡车司机把农家挑来的李子倒入袋里。倒的过程中，他们要眼疾手快地挑拣出那些熟烂或虫蛀的李子，然后过秤。我看见父亲古铜色的额头上有大颗大颗的汗珠，不断地跟着鲜红的李子一块儿掉落袋中。他没空伸手去擦。

时近中午，父亲沮丧地说："今天收得比往年少，可能赚不到钱了。"为了鼓励农家多去采摘，父亲咬牙抬了两次价，利润低，只能争取提升数量。父亲接着收李子，让我去前面小吃店买点吃的回来。

小吃店顾客稀少，我让老板弄三份炒饭。在等的过程中，我注意到同乡的勇叔也在这里。我过去跟他打招呼："勇叔好，你也在这里呀！"勇叔很热情："来这做客，你父亲呢，爷俩儿出来赚钱吧？"

我苦笑说："不赔本就好了，都中午了，还不够半车。"

勇叔安慰我："你父亲很会做生意，不会赔本的。"付账时，我把勇叔那份也付了，临走前对他说："我爸就在前面凉亭，有空过去聊聊。"

我回去跟父亲提起勇叔，父亲说："你做得对，能在这里碰见个同乡

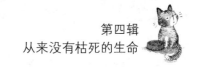

不容易。"

黄昏时，我们封袋装车，收的李子仅仅半车多一点。收拾工具要走人时，勇叔突然出现。他说："谢谢你家阿正请客，有个亲戚邀我过来收购李子，听说你也在这儿，就过来看看。"

父亲说："今年行情不好，今天才收了半车，运到潮汕去肯定赔本。"

勇叔叹息道："我收的还不到半车呢，收购价又高，赔定了！"

父亲想了想说："要知道你也来，就跟你合伙了。你叫车了没有，如果没叫，就拼一车载到潮汕去吧，省点运费。"

勇叔拍了一下大腿叫好："我正想这么办呢！又不知道怎么开口。"

那晚，他们一起押车运到潮汕。省了一半路费，加上父亲熟识厂家行情，跟老板谈判，提了点进厂价，结果两人都小赚一笔。

从此父亲跟勇叔一直合伙。父亲讲诚信，农家比较信任；勇叔脑子活，知道变通，他们的生意做得风生水起。

后来父亲私底下跟我说："那天听你提起勇叔，就知道他是在监视我们。我们一抬价，他们跟着抬更高，所以有些农家卖给勇叔了。好在你没察觉，能友好地帮他付饭钱，才有了合作的可能。"

八月底，对我上大学不抱希望的父亲突然让我回校复读。我原先以为这辈子就是子承父业，注定当个风吹日晒的收购小贩了。父亲说："你得感谢勇叔。"

勇叔眼看都开学了，父亲还让我跟着他们到处跑，就指着我父亲的鼻子骂："你不该为了眼前几个钱葬送孩子一辈子。阿正跟咱们不一样，他是个大气的人。那次他明知道我是监视你们的人，还帮我付饭钱。你要不送他去复读，我们就拆伙，我眼不见心不烦！"

　　父亲说完，看着我，笑了一下，对我说："这段时间你受苦了，回校要认真复习，考个好大学。"勇叔说得没错，我知道他是监视我们的人。那天我在小吃店时，本想狠狠挖苦他一番，可是我看到他有着和父亲一样古铜色的额头，额上有一样的汗珠，我知道他们都是辛苦过活的人。也许多年后我也会有古铜色的额头，也会躲在角落里监视别人。于是我原谅了勇叔，就像提前体谅父亲和未来那个卑微的自己。

　　谁能想到峰回路转，勇叔跟父亲从同行冤家变成合作伙伴，赔本生意变成小有进账，连我以为今生无缘的读书生活也回来了。我很惜福，复读时特别刻苦，一年后如愿考上理想的大学。

　　十八岁的那个夏天，因为我一念之间的改变，我的未来也随之兜转改变。人生路的逼仄与宽敞，有时真的就在于能否换位思考。

第五辑
为了心中的佛

　　生活是美好的，但太多的冗杂和累赘会让我们变得很累、很不潇洒；人生是短暂的，事业的成功、价值的创造，往往取决于对目标的抉择，对繁琐世事的自我解脱、适当舍弃和一次一次的超越。

生命时时刻刻都在开始

凉月满天

有一个家伙很倒霉。

他本来很体面，却先是老婆和他离了婚，紧接着公寓又失了火，自己还被一辆车撞了，又被炒鱿鱼，紧接着唯一的一辆车也被偷。于是他就从一个有家有业的金领人士堕落成一个无家可归的流浪汉，露宿草坪。

在这个地方，他认识了很多流浪汉。有人给他一双干袜子，有人分给他一些空瓶子，有的人发了财（路人施舍给他五块钱），就买东西回来大家一起吃。

有一天，他从报纸上浏览到一条招工启事，他跑到电话亭，往投币口丢下宝贵的二十五美分，打通了电话，结果人家却告诉他，负责人不在，等他来了回你电话。电话挂了。他开始等待。三个小时，没有回电。

第二天一早他就起床，准备在电话亭旁边打持久战。九点三十五分，电话终于响了。最后，负责人让他去试试。挂了电话，他大叫一声。旁边两个家伙路过，问："伙计，有什么喜事？"他把原委一说，其中一个慢吞吞地问："你打算怎么去？就这鸟样？"

的确。他长毛如贼，已经几个星期未理，衣服脏兮兮，而自己连买肥皂的钱也欠奉。再加上还需要往返的公车费，他这才惊觉自己有多穷。

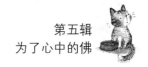

那两个人互看一眼，说："来吧！小子。"

于是，这个已经四十五岁的老"小子"就乖乖跟他们到一圈帐篷那里。扎营在那里的几个男人每个都丢了一点钱往一个小小的棕色纸袋，让他拿这笔钱去洗干净他的衣服，旁边住小拖车的一个妇女则保证给他熨平。

几个钟头后，他衣着光鲜地出现在广播电台，得到了那份工作，一周可得一百元！

他成了营区里的有钱人，搬到一间小木屋里面。气温下降，他轮流邀请朋友们分享他的房间，也请他们一同花他的钱。他从来没有忘记他们曾经为他做过些什么。在这里，他终于学会了感恩。

后来，他又有了更好的工作，离开了那个地方。那九个多月的时光，他学会了忠心、诚实、真实和信任，学到了简朴、分享和存活，学到了失败不是死亡，学会了不去诅咒，而去感恩——从他拖着露营用具跋涉到公园的那一天，他好比死去之后，重获新生。

他甚至感谢偷走他车的小偷，感谢那烧毁他公寓的一把大火，感谢赶他出门的前妻，感谢坏天气和曾经饿得空瘪瘪的肚皮。他感谢他遇到过的所有人和所有境遇，因为所有这一切都让他明白一个道理：生命从来不是结束，它时时刻刻都在重新开始。原来人的一生，死并非只有一次，只要你愿意，每个人都可以在每一个时刻，给自己举行一个小小的葬礼，然后转过身来，用眼下的黄金时刻，创造未来崭新的自己。

适当舍弃

纪广洋

天气渐暖时，人们穿戴得越来越少，在大街上随处可以见到别人的腰带——今天的这篇文章，就是腰带给我的启发，或者说是腰带激发了我的灵感。星期六的下午，我在洪家楼广场上坐看闲云时，身边放风筝的一男一女两个小学生忽然窃笑不已，小女生还捂着嘴说："多像一条狼尾巴！"我看了看他俩那高高翩飞的蝴蝶状的风筝，不解地问："哪像什么狼尾巴？"小女生一边忍俊不禁地笑着，一边用手一指。我顺着她指的方向看去，不远处，一位衣着不俗的小青年正悠闲地走过，可笑的是，他的背后耷拉着一截足有半尺长的多余的皮带头。

我也忍不住陪两个小学生笑了一阵，并开始注意起人们的腰带来。真是不看不知道，一看真"奇妙"，许多人的腰带都露出一截既毫无用处又不雅观的多余的皮带头，要么斜垂在腰端像把长短不一的佩剑，要么耷拉在背后像小学生形容的"狼尾"。说起来腰带不过有两大用处：一是束裤子、束衬衣、束裙裾的功能，二是具有典雅美观的装饰性。一条长短宽窄恰到好处的腰带，就像领带一样，让人备感庄重、让人特别精神。可是，一旦露出、耷拉出实在多余的皮带头来，就不免显得滑稽和糟蹋，给人一种丢人现眼的感觉。其实，按各人的腰围选择恰到好处的腰带并不是一件

什么难事儿，再说，就是买的腰带长了些，剪去多余的部分也是举手之劳，再简单不过了。可现实生活中，就是有那么多的人，不舍得或想不起来，剪一下自己多余的腰带，形态各异地拖着长长的腰带头招摇过市。这不免让我联想到日常生活和工作中的其他冗杂和累赘、联想到适当舍弃的人生话题。

电视剧《千里挺进大别山》里，有一段是关于刘邓大军抢渡黄河的故事。在后有追兵、前有敌人正欲包抄的关键时刻，刘邓首长果断地下达了一道让战士们异常揪心的命令：把包括大炮在内的全部重武器、重装备就地炸掉，轻装上阵、飞渡黄河。正是这一当机立断的重要举措，让部队甩掉了包袱、提高了速度、赢得了宝贵的时间，成功地粉碎了敌人围追堵截的阴谋。为胜利实现挥师南下的整个战略部署，军事家们忍痛割爱、匠心独运地像书法的飞白一样留下这特别精彩的一笔。也正因如此，刘邓大军南征北战的风云录里，才有了笑傲险阻、战无不克的胜利篇章。

这不免令我想起一个面面俱到、多才多艺的朋友。多少年来，他为了理想和事业克服了重重困难，孜孜以求地拼搏、奋斗和追求着。在学生时代，他每年都是三好学生，不但德智体全面发展，而且从来不偏科，对各门功课都特别的"公平"……但他只考了个中专技校。毕业后作为电工的他，不但自修了大学里有关电工的全部课程，而且保留了学生时代的全部爱好——文学（他至今已通读近百篇文学名著，做了数百万字的学习笔记，草拟了好几本的创作计划……可他一篇像样的文章还没有写出来，更别说发表了）、数学（他对数学也非常爱好，不但自修了高等数学，据说还致力攻克着某个已流传百年的数学难题）、外语（他在学校里选修的是日语，毕业后一直没撂，现已能熟练地阅读日文书籍，声情并茂地演唱日语歌曲）。

不仅如此，他接受新生事物还特别的快，在毕业后的十余年里，他又根据社会需求自学了英语（现已达到四级水平），自学了计算机（他如今不但对网络精通而且每分钟能盲打一百多个汉字）。你和他聊聊，他没有不懂的事；你向他求教，他没有不会的事。可是，十几年来，他仍一直干着一个小型企业的电工，月工资从未突破过五百元人民币。而更令人惋惜的是，前几天见到他时，看他愁眉苦脸的样子，一问方知他正在办理下岗手续。

记得许多年前，朋友中就有人劝过他，说他这样什么都顾，什么都不舍得放弃，没有重点目标，是不行的。他当时的反应是不以为然，说什么"艺多不压身"。如今，快四十岁的人了，他还是个地地道道的"学生"，还处于一种如饥似渴的学习状态、囿于对知识的继承和吸收上。面对即将下岗的现实，他因为自己"多才多艺"而仍然犹豫不决，仍然不知干什么合适、干啥好，仍然不知何去何从……

这个朋友的处境，再次说明了这样一个道理：知识和学问是好的、是有用的，但也有个选择和割舍的问题，知识之于人生一如腰带之于腰身，有个恰到好处的刻度。再好的东西也是有限度的，超过了这个限度，便是累赘。人生的价值，往往不在于你涉猎了多少、知道了多少、掌握了多少，而在于你消化了多少、利用了多少、创造了多少、做了多少、实现了多少。

这再次让我想起无土栽培的那株不同寻常的西红柿。1985 年，在日本筑波举行的一次国际科学博览会上，一株结了 1.3 万个果实的西红柿树颇引人注目，出人意料的是，它竟是一粒普通的西红柿种子采用无土栽培技术培养出来的奇迹。专家们研究发现，西红柿生长的要素是土壤中的养分，而非土壤本身。普通的作物，恰恰是土壤对根的发展产生了限制并抑制其更好地生长。所以专家们就通过对这些要素的分析、提取、搭配，同时又

有效地去除了土壤的限制，终于焕发和解放了一株西红柿的创造性能和生产力。

植物的生长仅需要沃土中有限的几种元素，就好比我们并不是需要腰带的长度，而是需要它的恰到好处。这让我联想到，我们并不是需要书橱，而是需要图书；并不是需要图书，而是需要图书中的知识；并不是需要太多的知识，而是需要其中对我们有用的那一部分。

生活是美好的，但太多的冗杂和累赘会让我们变得很累、很不潇洒；人生是短暂的，事业的成功、价值的创造，往往取决于对目标的抉择，对繁琐世事的自我解脱、适当舍弃和一次一次的超越。

输者风度

王世虎

体育竞技场是一个非常残酷的舞台，有竞争就会有输和赢，人人常常只把鲜花和掌声赠给胜利的一方，而忽略和冷落失败的一方。其实，竞争是一把双刃剑，一瞬间可以把一个人抬得很高，但同时也可以映照出人的灵魂。而一个人的风度和素养，最能体现他对待失败的态度上。

1932年8月，美国洛杉矶奥运会。在女子花剑项目的决赛中，英国选手朱迪·吉内斯对战奥地利选手普赖斯。随着比赛紧张而激烈的进行，吉内斯逐渐取得了主动权，占了上风，夺冠的希望很大。突然，就在这时，吉内斯主动向裁判示意指出，对手普赖斯曾有两次刺中了自己，但并未被记录下来。在那个年代，摄像和电视转播技术不像今天这么发达，裁判不可能面面俱到，所以比赛时很多细节问题只能靠选手们的自觉。最终，因为吉内斯的"坦白"，普赖斯获得了胜利。

无独有偶。2005年5月，上海体育馆，第四十八届世乒赛男单决赛正在激烈进行，对垒的双方是中国选手刘国正和德国的波尔。这是一场淘汰赛，胜者将直接进入下一轮，而败者则打道回府。比赛很激烈，两人的实力都很强，前六局，双方打成了3:3，第七局便成了决定胜负的关键战。果然，最后一局，双方咬得很紧，转眼间，比分到了12:13，刘国正暂时落后一分。

接下来的这一球非常关键，然而，刘国正却将球回击到了地板上。顿时，整个体育馆仿佛凝固了一般——连刘国正也愣在了那里：难道球出界了？这样的话，就意味着自己出局。就在此时，在现场近万名球迷的注视下，一个人优雅地伸手向裁判示意："球擦边了！"这个人不是别人，正是波尔。因为这关键的一分，最终，刘国正以 15:13 反败为胜。

一转眼，时间到了 2009 年 12 月，斯诺克英锦赛半决赛，世界排名第一的"火箭"奥沙利文对阵世界排名第二的"巫师"希金斯。高手对决，万众瞩目，比赛过程惊心动魄。前几场，奥沙利文失误连连，很快就被希金斯以 8:4 的大比分拉开差距。希金斯只要再胜下一局，就胜出了。第十三局开始后，希金斯做了一个漂亮的"斯诺克"（制造障碍让对手无法击球或击错球而让自己得分），这时，出现了一幕有争议的插曲——奥沙利文连续六次解球未果后，在第七次解球时不小心用手碰到了黑球。奥沙利文主动示意自己犯规了，裁判当即扣掉他七分，同时让希金斯开球。这下，希金斯不干了，因为虽然奥沙利文被罚分，但却避免了继续解球的尴尬，无异于因祸得福，他认为应该让奥沙利文继续解球。这种情形恰恰遭遇了斯诺克规则的漏洞，裁判们经过一番讨论后决定，维持原判。希金斯只得无奈地接受。接下来，形势发生逆转，情绪受到影响的希金斯状态急剧下滑，而奥沙利文却时来运转，不仅顺利拿下此局，而且一鼓作气地把比分追至 8:8。最后一局，成了"生死之战"。比赛打了二十分钟后，轮到奥沙利文开球，他只需一杆就能反超比分。这时，戏剧性的一幕又发生了——只见奥沙利文突然停止击球，转身走向裁判，示意自己放弃比赛，然后微笑着和希金斯握手。全场观众都懵了，奥沙利文解释说："说实话，今天的比分应该是 9:4，比赛需要公平，因为希金斯才配得上胜利。"希金斯

听完，钦佩地说："我知道，他（奥沙利文）从来都不会故意犯规的，他是斯诺克界最诚恳的人之一。"

作为一名职业运动员，吉内斯、波尔和奥沙利文都深知，冠军和金牌对自己意味着什么。然而，面对"唾手可得"的荣誉，他们却都秉承着公平之心，毫不犹豫地选择了放弃。他们在放弃的同时，也为我们上了一堂最生动的教育课——冠军和金牌固然是每个运动员的梦想，但并非全部意义所在。他们更以自己的实际行动，向世人展示了自己崇高的公平竞赛精神和人性中的美好。他们虽然输了比赛，却赢得了风度，值得每个人敬佩！

人生是一个不断学习、实践、犯错、反思和积累的过程，在每个人的成长过程中，都会不可避免地遇到很多困难和挫折。成败荣辱不在于一刹那的胜负，胜败乃是常事，人不是不可以输，但即使输，也要输得精彩，输得坦荡，也可以赢得他人和对手的尊重。

输，也要输得有风度。这种输，是一种涵养，一种智慧，一种境界，更是人生的另一种"赢"。

为夕阳产业涂抹朝阳的色彩

石兵

在当今科技发展日新月异的年代，许多古老的事物不可避免地面临着退出历史舞台的悲哀，这其中，蜡烛无疑是其中之一，它照明的功能早已被各式各样的灯具代替，成为一个渐渐远去的夕阳产业。但是，有一家公司却反其道而行之，将目光放在了小小的蜡烛身上，他们敏锐地发现了小蜡烛中蕴藏的诗意与格调，并由此入手，为一个夕阳产业涂抹上了朝阳般灿烂的色彩。

这家公司就是扬基蜡烛。走入它遍布全球的连锁店，你会看到，深蓝色的木质架子上摆放着各色蜡烛，色彩缤纷清香四溢，仿佛一个静谧的花园，这不仅仅是奇妙的感官愉悦，更激发了人们对于美好生活的憧憬。

1969年，十七岁的迈克·基特里奇将彩色蜡笔熔化作一支蜡烛，作为圣诞礼物送给了妈妈，当他看到妈妈因蜡烛的美丽而落下幸福的眼泪时，他有了迫切地与所有人分享这份美丽的渴望，很快，扬基蜡烛横空出世，并开启了一段传奇旅程。

创业之初，公司定位便很清晰，蜡烛只是一个载体，公司要出售的是一种高品质的家居生活方式。公司将蜡烛的色彩与味道作为主打，通过不同的色彩与味道给顾客不同的体验，扬基蜡烛副总裁鲁福洛说："香味的

体验是扬基蜡烛最大的销售驱动因素，这听起来有些像品味上等的葡萄酒。香味有很神奇的力量，能唤醒人们美好的记忆，让人兴奋抑或平静，但这些都极为感性而难以把握，我们一直在探索新的持久香味，也不断将点缀转化为一种生活习惯。”

为了将产品做到极致，扬基公司每年都会在上千份提案中选择三十种投入市场，在不同季节或各种节日推出与之相符的产品。春意正浓时会推出樱花、法国香草和薰衣草香，夏日炎炎则会推出海洋、蔓越莓抑或薄荷的香味，秋高气爽则是应景的桉树或枫叶香，而严寒的冬季，烘炒咖啡和覆盆子奶油的香甜温暖更是让人心生暖意。有了好的创意，更要有过硬的质量，扬基蜡烛坚持使用棉灯芯，从大豆中提取植物蜡，这样蜡烛更为柔软细腻，燃烧过程平整均匀、无烟且更为持久。

如此精致的香薰蜡烛自然会让女性无法抵挡，但扬基蜡烛并不满足于此，他们将目光对准了购买能力更加强大的男士群体。

2012年父亲节期间，扬基蜡烛第一次推出了专门为男士打造的“男士蜡烛”产品线，并在官方网站上发表公告：“父亲节，为什么不给爸爸送一支蜡烛呢？”

事实上，“男士蜡烛”早已进入了市场研发，在推出的系列产品中，从工作和游戏中获取灵感，木材和麝香混合的“ManTown”极具老男人的性感与阳刚，“RidingMower”则是强烈夏日中刚割下的青草香，草坪上的棒球、篮球比赛等外包装图案都在消除男士心里的困扰，让蜡烛也变得充满阳刚之气。

在这一营销举措推出的第五天，扬基蜡烛官方网站上老客户的访问量就比去年同期增加了167%，而新访客的访问量则增加了222%。两个月后

的父亲节，有着性感古龙水味道的"ManTown"一举登上同期所有产品的销量榜首，而在 2012 年扬基蜡烛的财报中，男士消费者已经上升到整体消费群的 40%，而如今，越来越多的男士喜欢上了这些别致的小蜡烛。

香薰蜡烛并不是生活必需品，却成为可消费的高端礼品，经过四十多年苦心经营，扬基蜡烛已成为全美最受欢迎的蜡烛制造商，目前已在 55 个国家开设五千九百家专卖店，品牌估值高达二十亿美元。

小小蜡烛带来了巨大的财富，更为这个夕阳产业涂抹上了朝阳般灿烂的色彩，这其中蕴含着的，其实是高人一筹的营销智慧与锲而不舍的创新追求。

为了心中的佛

余显斌

他是一个和尚，却不诵经不礼佛。每天，都望着佛寺发呆。

师父长叹，道："你望什么？"他回答，好美啊。说着，指指古雅的佛寺。佛寺的飞翘角，在蓝天白云和大山的衬托下，别有一种美。

在寺庙里，他做了十五年僧人，没记住几句经文。可是，所绘的各种亭台楼阁、湖泊假山的图纸，挂满禅房。他的人在寺庙里，名声却早早地飞到了外面的世界。在他二十二岁的一个早晨，一队人马进了寺庙，带来皇帝的圣旨：皇贵妃仙逝，圣上心痛欲绝，发誓要修一座天下最美的陵寝。然后，口传圣谕，让他下山，设计建造。

他下山，随着大队人马。

耳边，是师父的声音："你下山一定凶多吉少，要解此灾，唯有一法。"

"何法？"他问。

"装疯，可躲一厄。"师父数着念珠。

他摇头，叩别师父，走出殿门。

几天后，他拿着自己的图纸去拜见皇帝，细细叙说着自己的设计规划。皇帝眉开眼笑，眼光发亮，当即授予他二品官职，并让他负起建造陵寝事宜。

"贫僧可负责建造陵寝，但不愿为官。"他推辞。"不愿为官？"显然，

皇帝不理解。

"不可能！"所有的官员瞪大眼，不相信自己的耳朵。

他掸掸僧袍，笑了，缓缓退下，依然粗衣布衲，走向了施工场，亲自监造。有时也跟工人一块儿搬料，扛木头。

十年过去，整整十年，一个青春的和尚已步入中年。由于长期的劳力，由于艰难的调度和运作，他的鬓角已见星星白发，

十年艰辛，十年血汗，一座绝世的艺术品出现在人们面的眼前。

一座高大的、金顶般的建筑立在蓝天下，红墙如胭脂，让人晕眩。

皇帝见后，泪水直涌，喃喃道："比我想象中的还要美。爱妃，它只配你住。"

第二天，皇帝召他上殿。所有在臣都十分羡慕，知道这个和尚发了。

他仍静静的，微笑着。

"来啊，把他的右手砍了。"皇帝吩咐卫士。

他微笑着，伸出右手，好像一点儿也不意外，连皇帝也惊奇，问："你怎么不问为什么？"

"早已知道，何必再问。"他淡淡回答。

"知道什么？"皇帝惊讶。

"你怕贫僧再为别人设计，所以如此。"他仍波澜不惊。

他的右手被剁下。他并没有离开，而是在陵寝边徘徊观望，同时，在陵寝对面不远的山上，掏了一个洞，洞掏完不久皇帝又让卫士带他上殿。他依然青衣布衲，飘飘而来，对着皇帝微微一笑："我一切皆了，可以死了。"

"你怎么知道要处死你？"皇帝睁大了血红的眼睛。

"我手虽断，可思想仍在，你怕我为别人设计更好的建筑。"他说。

受刑那天，他提出，要见师父。老师父来了，须发斑白，一如十多年前一样，摸着他的头顶道："你既知道难逃一厄，为何还要下山？"

他微笑，仍如少年时，望着远处殿阁楼台道："为了心中一个美丽的梦。"死后，按他的要求，一部分骨灰葬在他挖的洞里，和自己的设计遥遥相对，另一部分被老师父带着回了山。圆寂前，老师父指着骨灰罐，告诉身边弟子，把他的骨灰放在自己的塔中，"因为他是一个真正的佛家弟子，在他的心中有一尊不变的佛，那就是美。"

无限跋涉

余显斌

他是一只小骆驼，也是一个孤儿，骆驼家族的孤儿。

他的父亲，那只有名的老骆驼，出去寻找出路，一条迁徙的路，据叔叔后来说，一去不归，死在了沙漠中。

他的母亲听到噩耗，悲痛欲绝，产后大出血而死。

他变成了一只没爹没娘的孤儿，依附着叔叔生活。每天，当风吹过沙漠，看到很多小骆驼，和他一样的小骆驼，围绕在爹娘身边，撒娇，吃奶，或者玩耍时，他的眼睛里就会灌满无尽的悲哀。

早早地，他就尝尽了辛酸、孤独和痛苦。

叔叔，是一个不称职的叔叔，他想尽办法虐待自己。有时，他甚至想，叔父的蛇蝎心肠中，一定觉得自己是个累赘，想把自己早早虐待死去，作为一种解脱。

叔父让他背很重的东西，去穿越几十里的沙漠。那时，和他一般大的骆驼，正依偎在母亲的身边打着鼾，做着甜美的梦。

有时，找到水源后，如果不是他找到的，叔叔不让他喝，吼道："懒东西，要喝，自己找去。"然后，用蹄子扒出沙子，掩埋了泉眼。

他的嗓子眼干得冒火，泪水，一颗颗流下来。从心里，他恨叔叔。当然，

也恨自己的父亲：为什么要将自己生下来，遭受这样的罪啊？

还有一次，他饿极了，可是，叔父却守着近处的一块青草，不许他吃，让他重新去找，而且，还恬不知耻地吼："别想吃我找到的。"

为了填饱肚子，小骆驼走了很远的路，几次晕倒，又几次爬起来，最终找到一块青草，才填饱了肚子，活了下来。

时间，在一寸一寸延伸；小骆驼在一天天长大。仇恨，在他的心中也一寸一寸滋长。

到他长成一只壮骆驼时，它们的家族，迎来一场致命的灾难。

他们所处的那个绿洲，最后的一星绿也被啃噬了。横在他们面前的，是饿死，或者迁徙。可是，这是千里沙漠中仅有的一块绿洲，要迁徙，就得穿越沙漠。

当年，他父亲就是寻找迁徙之路死去的。

最终，骆驼家族决定，迁徙。

他们所走的，与其说是一条迁徙之路，还不如说是死亡之路。千里穿越，没有绿草，没有泉水，只有风沙肆虐，只有日光暴晒。他们中，不断有同伴倒下。开始，是体弱的、幼小的和年老的。每一次，一个生命倒下，叔叔都会对着这个尸体发出长长的哀鸣，眼中，泪珠滚涌而出。

他冷冷地望着叔叔，心想，虚伪，对自己侄儿都残酷无比，还能对同伴善良？

驼群们面对同伴的尸体，每次都会做最后的告别，然后才继续上路。

沙漠，如无边的海，看不到尽头。沙窝里，长着仅有的一点骆驼刺也被啃光。沿途，骆驼的尸体随处可见。

他们的驼群，在大量减员。

叔叔经过长时间跋涉，已经干瘦得只剩一张皮了，尤其是最近，他几乎没有喝一滴水，也没有吃上一点东西。但是，他仍极力挣扎着，紧跟在小骆驼身边。

在千里沙漠上，跟不上队伍，只有一条路：死。

经过千万艰难，庞大的骆驼群最终只剩下两只骆驼：他，还有叔叔。一天天，他们靠近了沙漠边缘，甚至，风中，已能嗅到青草味了。

可是，他们实在坚持不住了，尤其他，摇摇欲倒。

突然，叔叔叫起来，前面，有个小小的水坑，水很少，只能够润一下喉咙。他很失望，这点救命的东西，自私狠毒的叔叔不会让给他的。

可是，叔叔望望水，默默走开了，让他喝。

他愣住了，待了一会儿，禁不住诱惑，走上前去，轻轻一口，水坑就干了。他的嗓子，顿时感到无限的清凉，生命，又回到了身上。

然而，走不多远，叔叔就倒下了。

叔叔本来能活的，可他把活留给小骆驼，把死留给了自己。

弥留之际，叔叔告诉了他一个天大秘密：叔叔不是他的叔叔，是他爹。那次，穿越沙漠失败，回来后，老骆驼就谎称是小骆驼叔叔，为的是给小骆驼创造一个艰苦的生存环境，锻炼他的毅力和体质。

老骆驼停止了呼吸，可眼睛仍然圆睁着，望着远方。

"爹——"小骆驼哭泣着，慢慢跪了下来。

翔

凉月满天

有一个人的经历很"杯具"。他和朋友通电话，外面下大雨，天降神雷，把他劈焦了。

这道闪电至少高达十八万伏，电流烙得他浑身创伤，整个心脏麻痹了三分之一，连专家都说这人肯定没救了。

结果他居然活了。

当他稍微能动，就开始了艰苦卓绝的复健工作。

他哥哥给他带来一本《解剖学》，又用衣架替他做了一个滑稽的头套，把铅笔插在上面，让他能利用铅笔上的橡皮擦来翻书。他对比着书上的图，从手上的一束肌肉看起，集中注意力，和它说话，诅咒它，并试着移动它，哪怕只能移动八分之一英寸，他都非常高兴。

几天后，深夜，他决定下床，身体落地时发出了砰然一声；然后他像毛虫一样蠕动身子，肚皮慢慢转动前进，抓住床边的铁条、被单、床垫，好几次都跌回冰冷的地板，天亮之前，终于又爬回床上，就像攀登山峰一般快乐和疲倦。

除了他自己，没有人相信他可以渡过难关。他竭力呼吸的模样让人觉得他不过是奄奄一息挨日子。有一回，邻居探病，他的模样刺激得人家差

点吐在他身上。医生说："让他回家过他最后的日子吧！他在家会比较舒服些。"

雷击让他的大脑也受了损伤。有一天，他发现自己与一位女士一起坐在餐桌旁，问："你是谁？"对方一脸震惊："我是你母亲！"

两个月过去了，除夕夜时，他决心自己走进餐厅。从残障者的停车地点起，他用两根拐杖撑着，缓缓地向前移动，他称之为"蟹行"，因为看起来像是半死不活的螃蟹拖着大钳子，越过干涸的陆地。十几二十分钟后，他终于进入餐厅，累得气喘吁吁，喘气像条狗。傍行的妻子叫了两碗馄饨汤，结果汤放在面前，他头晕目眩，一头扎进汤里面。

医院的账单越积越多，他卖掉车子、股份、房子。他破产了。

他就这样债务压身，满身残疾，出门带一副焊工用的护目镜，身体歪歪扭扭，看起来像个大问号，穿一件过膝的军用雨衣，撑两把拐杖，咔啦啦地前行，有人说他："那家伙看起来像是正在祈祷的蟑螂！"

有人问他为什么不自杀，他说我为什么要自杀？

三年后，照咱们的眼光看，他几乎还不成人形；但就他自己的标准而言——他的身体状况蛮符合奥林匹克选手要求的。

他决定重新开始工作。

第一个事业是销售稳压器，防止电压不稳时对家电的破坏。他可是这种产品的最佳推销员。一个接受了过量电压的人类躯体会有什么下场？自己就是一个活生生的例子哪！第二个事业是在全世界的公家建筑物里销售和安装反窃听装置。第三个事业是生产一种电子装置，来防止海藻或甲壳虫生物附着缠结于船壳上。

他还到安宁院当义工。有一次，一个老婆婆因为长时间卧病在床，身

体僵硬得几乎不能翻动。他把她像小孩子一样地抱起来，让护士帮她换床单，他抱着她在大楼内闲逛。在他离开的时候，她郑重地道谢，哭了。

可是，他再次面临死亡的威胁。他以为自己得了感冒，进医院就诊的时候，医生却马上抓住他，把他送进加护病房，否则他会在四十五分钟内死掉。亲人和朋友来了，像看着一个恐怖的外星人，他的全身一直到指甲都因缺氧憋成灰蓝色，他正艰难地一呼一吸着。

要做手术了，麻醉后眼前一片黑暗，但是他听得到人声："我跟你打赌十块钱，他过不了这一关。"

"成交。"

当他醒来，喉咙插着管子，手臂插着针，头上像压着铅块，胸膛像坐着一只大象。几天后他就复原到可以自己下床洗澡。再几天后，他就偷偷溜到医院的自助餐厅吃一顿丰盛的食物。几个星期后他出了院，虽然一疲惫就昏倒。

有段时间他很想死，因为实在是太痛苦了。可是他却一直活了下来。这个人叫做丹尼·白克雷。我在网络视频中见到这个人，长脸，络腮胡，声音有些尖细——估计电流让他声带受损，却丝毫也看不出来这个人是个被神雷亲吻的残疾人。

他让我想起君王蝶。

君王蝶，黑黄相间的翅纹，看上去的确有似帝王般的沉稳。它的翅膀轻盈舞动，像流动的彤云。当晚云镶着金边，就有这样的壮观。

它们在飞，在迁徙。得克萨斯州的格雷普韦恩市是君王蝶迁徙的必经之路，上百万只君王蝶途经这里，跋涉三千二百公里，飞往墨西哥过冬。

它们是蝶，不是鹰。

可是它们中任何一只都不会去想：我是蝶，不是鹰。我会不会失败？我失败了怎么办？我这样做值不值？

还有，每当秋风吹起、落叶初飞，在加拿大刚度完夏天的刺歌雀就成群结队飞往阿根廷，义无反顾，穿山越岭；还有一种北极燕鸥，在北极营巢，却要到南极越冬；还有一种鳗鱼从内河游入波罗的海、横过北海和大西洋，到百慕大和巴哈马群岛附近产卵；还有，生活在巴西沿海的绿色海龟，每年3月成群结队地游向大西洋中的阿森松岛产卵；还有，生活在亚洲、欧洲和北美洲的太平洋、大西洋沿海的大马哈鱼，逆水游泳，突破险阻，一直游到远离海洋的江河上游的出生地。

生命的所有元素都是乐观的。

壮丽的乐观。

乐观是因为有信心，相信自己是受到恩待和眷顾的一群。

君王蝶不会觉得自己傻，大马哈鱼即使被狗熊衔在嘴里，也不认可自己的失败。老不可怕，病不可怕，灾难不可怕，没有那种壮丽的乐观才可怕。

太阳会照耀而雨会下，动物显然不担心明天的天气状况，会忧虑的只有人类。我们殚精竭虑，追求健康之道，却在追求的过程中越来越因为忧虑健康而变得衰老。

暴风骤雨亦有，海啸山崩亦有，可是，和风细雨远较暴风骤雨为多，永远是有利的事件多过负面的事件，否则我们的世界早就消失在灾难的苦痛挣扎中。所以，当你经受灾难，远没必要去沉思那臆想中的"可悲"的未来。自然和生命的每一处都充满了许诺——不仅是存活的许诺，还有美丽与成就的许诺。

每朵开在春天的玫瑰，事实上都是一朵新玫瑰，彻底的是它自己、无

瑕地活在世界里。

　　每一个在每一个清晨和黎明醒来的人，事实上都是一个新的人，彻彻底底的是一个新的自己，无瑕地活在世界里。

　　一本书中这样写："来到地球需要相当的勇气。因为你们愿意来到宇宙中这狭小的空间做实验。在地球的每一个人都应自尊自傲。"

　　那么，就带着自己的自尊、自傲，以壮丽的乐观，像君王蝶一样，穿越生命，振翅而翔。

幸福参照物

王世虎

　　这是我身边的两个朋友：一个很富有，自己经营着一家广告公司，年收入过百万，住在宽敞明亮的高档别墅里，开着价格不菲的名牌跑车；一个很贫穷，从事着城市里最"低等"的扫马路工作，每个月的工资只有几百钱，一家三口蜗居在城中村一间不足三十平方米的房子中，一个星期只能吃上一顿肉。

　　他们处于这个社会的两个极端，却有着截然不同的生活态度。

　　富有的朋友一天到晚都很忙碌。他有着接不完的应酬，忙不完的公务，总是刚从这桌酒席下来便要赶往下一个饭局。我很少看见他笑，其实他的生活中除了工作之外也没有什么真正值得高兴的事情。

　　贫穷的朋友却很快乐，脸上总是洋溢着幸福的笑容。每天清晨，吻别过妻子，送走了儿子，就来到自己的"工作区域"，打开随身携带的老式收音机，调到自己最钟爱的戏曲频道，心清气爽地开始新一天的工作。

　　富有的朋友常向我诉苦，什么事业不顺心呀，行业间竞争太激烈呀，股票又被套了呀……他最大的心愿就是能有几天自由支配的时间，可以开心地陪家人吃顿饭，愉悦地去公园散散步，一家三口去看场电影，安心地睡个舒服觉。

贫穷的朋友常向我"炫耀"，妻子终于申请到城市低保金啦，儿子的学费又减免啦，自己今天又捡了多少个饮料瓶赚了多少"外快"啦……他还开导我，人生就这么短短几十年，何必要自己跟自己过不去呢，应该好好珍惜和享受每一天。

我问富有的朋友：你有车有房，钱多得别人或许一辈子都挣不到，为何还要这么拼命呢？他无奈地摇头感叹：压力啊，太有压力啦！你看看我的那些大学同学和亲友，哪一个混得比我差？我这点东西在他们面前算个屁啊，我不拼命能行吗？等到哪一天，我的成就超过他们的时候，我就可以放手好好歇一歇了。

我又问贫穷的朋友：你每个月就这么点工资，还要养活一家老小，为何还能过得如此从容和快乐呢？他笑着把手中的报纸转向我，调侃道：瞧，人家报纸上都说了，21世纪的幸福就是"农妇，山泉，有点田"，你看我不都有了嘛！我有老婆，虽不漂亮但贤淑勤快；我有儿子，虽不聪明但活泼可爱；我有工作，虽不体面但我干得很开心。幸福本来就是自个儿的事儿，我很满足现在的生活状态，所以我觉得自己过得很幸福。

幸福是自己的事，多好的一句话呀！我忽然间明白了——原来，幸福与所谓的金钱名利无关，只取决于自己所选择的"参照物"。富有的朋友的"幸福参照物"是那些混得比自己好的人，因为标准太高，所以在他看来，自己还处于"温饱"状态，远没有达到理想中的幸福生活；贫穷的朋友的"幸福参照物"则简单得多了，只是自己内心的那份乐观和知足感，没有太多的攀比与噱头，只要过好自己就行。

想起了曾经看过的一句话：穷人有庸俗的快乐，富人有高贵的忧愁。是啊，在这个世界上，无论贫富，无论贵贱，每个人都有只属于自己的幸福，

而幸福指数的大小只取决于我们目前的生活状态与心中的"幸福参照物"的偏差程度，偏差越大，我们就离幸福越来越远，偏差越小，我们的幸福感就越来越强。

是的，幸福其实很简单，这是只属于自己的事儿，和其他一切都无关。选择"幸福参照物"，是一种生存能力；而选对"幸福参照物"，则是一种睿智的处世哲学。

一百步和九十九步

凉月满天

一个朋友要离家去异地的艺术学院进修，我居然替她备觉离愁。我是离不开家的人，还没离家就开始想家，真的很佩服她，一个四十岁的女人，抛夫别女，远赴他乡，对艺术的痴狂令人敬仰。"种瓜得瓜，种豆得豆"，再过个几年，她的天地绝不同于以往，所以，我现在就要把她送我的书法作品收藏起来，将来拿它换座小洋楼住！

可是，隐约又觉得有点不安。为什么呢？

饯行会上，大家你一言我一语，都是鼓励、勉励、激励，每个人都擦亮了眼睛，看她如看名贵瓷器，怎样被时光的软布擦拭得越来越亮，灿烂辉煌。说实话，我也这样看，我也这样想。

直到有人语重心长，提出人生四原则。那个人说："做人要分四步走：第一，坚持；第二，坚持，第三，坚持，第四……放弃。千万千万，要记得。"

一瞬间豁然开朗，明白自己究竟在不安些什么。

长久以来，我们的思维都进入误区了，总觉得执着是好的，坚持是好的，百折不挠是最好的，要想达到目的，这是最有力的"捷径"了：只要执着、坚持、百折不挠，就一定能"$1+1=2$"，奋斗和成功之间可以直接画等号。

哪有这回事呢？

　　一次作协会上，结识一位文友，花白的头发，皱纹纵横，看不出多大年岁，反正儿子都快大学毕业了。她告诉我，自己从十几岁走上文学之路，到现在"发表了十好几篇文章呢！"而且这好几十年的工夫，攒了满满两大箱子的手稿，大部分纸页都发了黄，就等着有一天能够大名远扬，以往的这些东西就可以全部拿去发表。

　　一边说，一边拿出厚厚一摞文章让我看：文笔嫩，主题老，用写报告的手法写小说，用歌颂太阳的口吻写散文，居然像这样写啊写的写了一辈子，这可怎么得了？

　　更哪堪她还一边端详我的脸色，一边问："行不行？好不好？"

　　我支支吾吾说："还，还不错。"

　　她受了鼓励，说："谢谢你！我会一直坚持下去的！"

　　我吓一跳，条件反射地叫："别！"

　　"为什么？"

　　看着她探询的目光，我不知道该怎么说。

　　她的精神我很敬佩的，可是，她的做法却是错。爱一个人，爱一件事，爱一个事业，爱到全情投入，那敢情好，可是一定要有一丝丝的理智，用来衡量值不值得。文学是高尚的，这不错，文学是神圣的，这也不错，可是，文学也很凉薄，为它献身，它还得考量一下，你有没有这个底气和这个本事呢。虽说"将相神仙，也要凡人做"，毕竟不是随便哪个凡人都能出将入相的。所以，不要盲目献身啊！

　　她生气了："老公也小看我，孩子也小看我，大家都小看我，连你也小看我！你怎么就知道我得不了诺贝尔文学奖！"

　　我噎住了。

很多时候，我们的人生就毁在了过分的执着。所谓"百折不挠"，那是有前提的。不用说，方向错误一定会南辕北辙，可是就算方向正确又怎样？一路冲着顶峰狂奔而去，能不能攀上顶峰别说，那份不肯左右枉顾的劲，会屏蔽掉沿途多少大好风光？

其实，从内心深处来讲，人都是有"自知之明"的，会大略估量得出自己和顶峰之间的距离。可是有时候明知差得很多，仍会受所谓"百折不挠"的蛊惑，拼命往前跑跑跑，心里想着就算到不了顶，也是挺悲壮的，为了这份悲壮，累死也值得。

真值得吗？还是在害怕？怕中途放弃会被人笑；怕半路转身自己会悔，怕来怕去，如骑疯虎，下不来了。整个坚持的过程，其实就是在拔河，眼睁睁看着自己的生命像条绳，被抻着，拉着，扯着，拽着，然后"嘎嘣"一声，断了……

做人总要明智些，适当的示弱、认输、放弃，并没有什么不好。"坚持"这回事，做到九十九分就可以了，留下一分力气好转身；"执着"这张试卷，答满九十九分也就足够了，留下一分，好回头。为什么非得要百折不挠？九十九折之后，爬起来，拍拍土，步向另一个方向，既尊重了生命，又善待了生活。

这，大概就是一百步和九十九步的区别。

一个接一个的"贵人"

程应峰

人的成功离不开"贵人"的帮助，有了"贵人"的帮助，就可以避免许多人生的弯路，避免许多坎坷。在马云成功的背后，同样也离不开那些帮助过他的"贵人"。

马云在刚刚创业的时候，资金并不充裕，几个月后，最困难的日子来临了。大家凑的五十万，本打算坚持十个月，但没过几个月，就一分不剩了。于是，创业者们不得不熬过了两个月没钱、没盼头的日子。甚至打车，都不敢打桑塔纳，只敢坐夏利。

在这样的境况下，马云居然还拒绝了三十八个投资商。理由很简单，那些投资太过短视或功利，甚至要直接干预经营。

幸运的是，在华尔街混迹多年的瑞典银瑞达集团（InvestorAB）副总裁，职业投资家蔡崇信在1999年10月正式加盟，让阿里巴巴的"资金饥渴"得到缓解。

蔡崇信是拥有耶鲁大学经济学及东亚研究学士学位、耶鲁法学院法学博士学位的中国台湾人。他和马云见面后，做了一个看似疯狂的决定——放弃七十万美元年薪和国际投资公司的稳定工作，加盟阿里巴巴，拿五百元的月薪。

蔡崇信的到来，让阿里巴巴从一出生就逐渐正规化、国际化。

马云事业上的第二个贵人是孙正义。软银集团（SoftBank）董事长孙正义是国际知名的"电子时代大帝"（美国《商业周刊》语），他还有一个中国式的封号——"网络投资皇帝"。

孙正义二十三岁时创立了软件银行公司，业绩高居日本首位。1995年，他看准了网络产业，投资雅虎，3.55亿美元的投入，不仅催生了世界头号网络公司，还让软银拥有的雅虎公司股份的市值在四年后达到了八十四亿美元。

那些来寻求投资的互联网公司声势浩大，穿着如香港电影里的人物的CEO带领着CFO，三四个人一起进去的，而阿里巴巴就马云一个人孤零零地走进去。但是，他只花了六分钟就搞定了孙正义。

然而，当孙正义问马云需要多少钱时，马云竟回答："我们不缺钱。"正是这欲擒故纵的一招把孙正义牢牢地绑住。孙正义派人考察过阿里巴巴后，他答应了马云的一些条件，比如，亲自担任阿里巴巴的顾问，有一些投资是孙正义自己的钱（而非简单的公司行为）。孙甚至还表态说："我们要把阿里巴巴培育成世界上第二个雅虎。"

当然，马云也没有让他失望，孙正义退出时，获得超过七十倍的回报。

2001年，中国互联网的普及运动已经达到高峰，但"互联网的冬天"说来就来，以王志东结束新浪网CEO生涯为代表的一批早期的"互联网英雄"开始谢幕。

此时，阿里巴巴的账上只剩下了七百万美元。最要命的是，马云和他的阿里巴巴没找到一条赚钱的路子。往日阔绰的投资家们，也在2000年4月纳斯达克网络股的泡沫破灭之后露出爱财逐利的真面目。

祸不单行，在阿里巴巴遭遇资金难题的时候，内部的谣言、外界的质疑蜂拥而至。第三个贵人——关明生，就是在这样的时刻加盟阿里巴巴的。

这个喜欢引经据典、言辞风趣、曾在美国通用电气工作了十五年的香港人，是阿里巴巴早期的"铁血宰相"，是鼎力帮助马云度过互联网"冰河季"的重要人物之一。他还将马云想到但做不到的团队文化、价值观发挥到极致，并将自己在跨国公司摸索、积累若干年的管理思想精华融合进来，打造出一种独特而又魅力十足的"阿里文化"。

一个曾在阿里巴巴工作过的人，后来在网上写过一篇匿名文章，对关明生推崇备至："在原COO关明生在任期间，这个从美国通用公司出来的可敬老人极力推崇价值观，公司里的每个人不仅要对九大价值观倒背如流，而且也要在工作当中身体力行，并作为KPI考核中的重要部分，哪怕你工作业绩再好，但无法认同公司的价值观，那对不起，请立马走人！那时的阿里巴巴，人和人之间的关系非常融洽，公司上下充盈着一种团结祥和、奋发向上的气氛，并深深影响着后面进来的新人。"

正是这些一个接一个的"贵人"，马云才在成功的道路上左右逢源，走得顺风顺水。

一粒豆子的用途

周礼

从前，有一个农夫种了一片豆子，等到成熟后，他将收获的豆子拿到市场上去卖。他原以为可以卖一个好价钱，谁知，那年豆子普遍丰收，卖豆的人犹如赶集一般，尽管价格已经压到了最低，但依然不容易脱手，无奈之下，农夫只好将豆子挑回了家。

望着一粒粒金灿灿的豆子，农夫犯愁了，总不能眼睁睁地看着这些豆子发霉烂掉吧。后来，农夫想了一个办法，他将这些豆子发了水，放进一个容器里，然后在上面盖上一层纱布，没过几天，里面就长出了一团团又肥又嫩的豆芽。于是，他摇身一变，成了卖豆芽的小贩，整日穿梭于大街小巷。

刚开始，他的豆芽生意还不错，每天都能卖出好几桶，但没过几天，其他农户纷纷效仿，他的生意一落千丈。眼见豆芽的生意做不成了，聪明的农夫又想出一个办法，他将豆苗移栽到花盆里，然后做成植物盆景卖给城里的有钱人，让他们身居高楼也能体会一把做农夫的感觉。果然，他的这个创意受到了不少人的青睐，他的豆苗盆景卖得十分火爆。就这样，农夫不仅处理掉了那些卖不出去的豆子，还狠狠地赚了一笔。

第二年，农夫又种了一片豆子，同样获得了丰收，可是这一年豆子的

行情依然不景气，很多豆农血本无归，发誓再也不种豆子。望着仓库里堆积如山的豆子，农夫陷入了绝望，他想，今年的豆子恐怕很难卖出去了。

这天早上，农夫来到一家路边摊吃早饭，他要了两根油条和一碗豆浆。油条的味道还不错，香喷喷的，松脆而有韧劲，但豆浆却不敢恭维，分明就是勾兑的，一点豆香都没有。于是，农夫灵机一动，何不将那些豆子做成豆浆，卖给城里的那些早餐店呢？说干就干，农夫将家里那座荒废了很多年的石磨搬了出来，他要让大家吃到最好、最香的手磨豆浆。然而，让农夫失望的是，早餐店都不愿订他的豆浆。原因是，他的豆浆价格比勾兑的贵了好几倍，再加上现在喜欢喝豆浆的人越来越少了，鲜豆浆根本没有多大的市场。

怎么办呢？难不成将那些磨好的豆浆白白地倒掉，农夫再次陷入了绝望。没办法，最后农夫只好将那些豆浆做成豆腐，期望能减少些损失。让农夫做梦也没想到的是，由于他的豆腐是手磨的，口感比机器做的好了许多，再加上分量足，价格公道，顾客络绎不绝，一锅豆腐往往刚刚出炉，就被大家抢购一空。就这样，农夫不仅从中小赚了一笔，还学会了如何做生意。

从那以后，不管遇到什么状况，农夫都是乐呵呵的，他从不担心自己的豆子卖不出去，因为他知道，一粒豆子有很多种用途。当豆子卖不出去时，就做成豆浆；当豆浆卖不出去时，就做成豆腐；当豆腐卖不出去时，就做成豆腐干；当豆腐干卖不出去时，就做成豆腐乳；当豆腐乳卖不出去时，就做成豆芽；当豆芽卖不出去时，就卖豆苗；当豆苗卖不出去时，就种到地里，来年又会收获一大仓的豆子。

卖豆如此，做人亦是如此。无论我们遭遇到多大的挫折和不幸，都不

要轻言放弃，也不要轻易地否定自己，此路不通，那就换一条道，人除了下地种菜，还可以当街吆喝；除了搬砖头，也可以扛钢筋；除了做诗人，还可以搞设计；除了给别人打工，还可以自主创业……每个人都有许多种用途，都有无数条出路，那我们又何必为一时的不如意而灰心丧气呢？

第六辑
走在春风里

　　三个臭皮匠胜过一个诸葛亮，一个优秀的成功人士，不在于自己多么有智慧，关键在于能不能发动集体的力量寻找智慧，因为只有大家的智慧才是无穷的。遇到困难，大家共同开拓思路，就能找出问题的症结所在。比如苏西的酒店导致顾客少的原因，就是不被人认知，所以只有从吸引顾客出发，努力创造出与众不同的优势来，就一定能赢来商机。

一枚硬币的两面

周礼

有一天早上，一个年轻人上班迟到了五分钟，正好被他的上司逮个正着。年轻人暗叫糟糕，昨天领导在例会上还特别强调，上班不得迟到、早退，否则将扣去当月的奖金。年轻人不想失去这份可观的收入，于是他赶忙向上司解释说："经理，我不是故意迟到的，只因为路上堵车，实在没办法，请您高抬贵手，原谅我这一次吧！"

上司不以为然地说："这不是理由，这个城市到处都在堵车，你明知道早高峰的交通状况，为什么就不能早点出发呢？"年轻人回答说："晚上睡得太晚，早上起不来。"

上司不解地说："那为什么你不早点睡呢？要知道工作胜过一切。"年轻人理直气壮地回答说："这我自然明白，只是晚上加班太久，回家已经夜里十二点了，没办法早睡。"

上司有些生气地说："那为什么你不想办法提高工作效率，把时间压缩到正常范围内呢？那样既不用耽误你的休息，又不会白白浪费公司的资源了。"年轻人听后十分委屈，这几年他为公司出了不少力，即使没有功劳也有苦劳，上司竟然这样挖苦他，不就迟到五分钟吗？有什么大不了的！于是，他与上司吵了起来，而上司得理不饶人，硬抓着他的错误不放。一

气之下，年轻人辞掉了工作，当然他那月的奖金也没能幸免。

还有一个年轻人，也是因为堵车迟到了五分钟，被他的上司拿到。不过，这个年轻人并没有为自己的错误辩解，而是诚恳地对上司说："经理，对不起！我辜负了您的期望，请您责罚吧。"经理微笑着说："听说今天早上特别堵车，你一定是被耽搁在路上了吧！"

年轻人回答说："是的，非常堵。不过，那不是我迟到的借口，如果我能早起十分钟，就不会违反公司的规定了。"经理亲切地说："这不怪你，你晚上加班加得那么晚，第二天怎么起得来呢？"

年轻人说："不！经理，如果我能抓紧时间，提高工作效率，就用不着每天加班了。"经理用赞赏的语气说："其实，你已经干得很好了，你的努力我都看在眼里，是我不该给你安排那么多任务。"事情的结局是，年轻人不但没有被扣奖金，还备受上司的器重。

为什么同样的几句话，带来的际遇却如此不同呢？原来，前者总是想方设法地为自己的过失寻找借口，而后者则是不顾一切地寻找出自己失误的原因。这就像一枚硬币的两面，如果你把有图案的那面贴在手心，那么别人看到的永远是有字的那一面。同样，当你把优点朝向自己时，别人看到的就是缺点；但如果你换一种方式，把缺点朝向自己，那别人看到的就是优点。因为逃避者总是让人讨厌，而担当者总是能得到别人的宽恕，这便是前者被罚而后者被奖的根本原因。

一切都将会过去

高宗飘逸

1547 年，他出生于一个没落的贵族家庭，童年时期跟随父亲四处奔波，直到十九岁才定居马德里，并在一所学校学习，1569 年开始发表诗歌。他做过侍从，但他不甘平淡的生活，于 1570 年加入西班牙驻意大利军队。第二年经历了著名的勒班多海战，他多处受伤，左手致残，人称"勒班多独臂人"。可他并未因此消沉，而是更加坚强地面对生活。

1572 年他又加入洛佩·德菲格罗亚兵团，后开赴科孚岛，先后参加两次战役。1573 年随军驻防那不勒斯，两年后奉命踏上归国旅途。不想路上遭遇柏柏尔族人的海盗船，被俘虏至阿尔及尔。由于他身上带有两封推荐信，海盗把他当成重要人物，想借机勒索巨额赎金。

他不甘做奴隶，要过自由的生活。他私下劝说并组织同伴们逃跑，可惜被海盗发现。但他不气馁，一次又一次带领同伴逃跑，数次向西班牙大臣写信求助，却均以失败告终。但他不屈不挠的精神却得到同伴们的夸赞，就连奴役者也被他折服。直到三十四岁时，他才被家人用五百金盾赎回。

以英雄的身份回国，却未得到重视。他也不在乎，在为生活奔波的同时开始写文章。1585 年出版了田园牧歌体小说《伽拉泰亚》，虽感觉很满意，但未引起文坛注意。他毫不气馁，随后出版了《阿尔及尔生涯》和《努

曼西亚》，均未见反响，生活越发窘迫。

1587 年他接受了皇家军需官的职务。1590 年为了拥有更多阅历，他向国王请求到西印度群岛供职，却被驳回。他没有埋怨，继续辗转于村落之间采购军需品，深入百姓生活。不想 1593 年被人诬陷账目不清，被捕入狱。1594 年获释后，回到马德里，改任格拉纳达税吏。1597 年，因储存税款的银行倒闭，被人指控私吞钱财，再次入狱。连续的噩运均不能打击他那颗驿动的心，即使他身在监狱，也不忘构思剧本。

1598 年获释出狱，他仍坚持他所深爱的文学。在生活最窘迫的时候，靠卖文字养家糊口，他往返奔波于全国各地，为创作积累了大量素材。他给商品写广告词，应剧院邀请写了三四十个剧本，但演出后并未取得成功。

他不顾失败的打击，由于他目睹了人民疾苦、社会不公，又开始《堂吉诃德》的创作。1605 年，这部书一经出版，立即风行全国，一年之内竟再版六次。

他就是欧洲近代现实主义小说的先驱塞万提斯。由于书中对时弊的讽刺与无情嘲笑引起封建贵族与天主教会的不满与憎恨，尽管他得到了不朽的荣誉，生活却更加艰难。

不料不久后他又卷入一场官司中，和家人一起被关进监狱。然而塞万提斯仍旧未肯低下他高贵的头颅，获释后继续用手中的笔与生活做斗争。1613 年出版了《惩恶扬善故事集》，1614 年《帕尔纳索游记》出版。

其间《堂吉诃德》遭到某些人的恶意歪曲和丑化，他甚至还遭到同行恶毒的诽谤和攻击。1615 年，他又推出了《堂吉诃德》第二部，几乎被译成各种文字，广泛流传。1616 年他身患严重水肿，在贫病交加中去世。

就是这样一个多灾多难的人，即使一再遭遇挫折，受到生活的欺骗，

但他在艰辛的生活之路上，依然奋勇前行，最终为世人留下了一批"人类历史上最伟大的作品"。

因为他坚信：假如生活欺骗了你……一切都将会过去……

赢在最后十分钟

王风英

　　2008 年，经多方考察，二十八岁的苏西看好了在香港中西区中环皇后大道中 15 号置地广场的一块宝地。于是，他踌躇满志地对身边的朋友们说："我要集资五百万元港币，建一家大型酒店。"

　　凡是熟悉苏西的朋友，没有人不看好他，因为在他看中的宝地大约东二百米远，有一家相同规模的酒店，在他大约西二百米远也有一家相同规模的酒店，而这两家酒店每天都是生意兴隆，客满为患。苏西也正是因此，才不惜一掷千金，以此一搏。

　　装修、招聘、面试，一切都按计划有条不紊地进行着。终于，在一个黄道吉日里，苏西的"香港置地文华东方酒店"隆重开张了。然而，谁也没想到，他的酒店从一开始就很冷清。这下，苏西急了，开始查找原因。难道是服务人员的素质跟不上？不是，这批服务员都是经过专门训练的。难道是厨师的手艺不行？回答显然也是否定的，因为凡来过他酒店就餐的人都反应，菜的味道好极了。既然这都不是原因，那是什么问题呢？

　　于是，心急火燎的苏西召集所有员工，让他们一起帮着找原因，出点子，想办法，因为酒店生意的好坏也直接关系到他们的利益。

　　转眼，这一年的新年就快到了，生意还是没有起色。可生意再不好，

这年还是要过的。而香港和大陆一样有个习惯，那就是每年正月十五的晚上，一些大的商家都要搞放烟花活动。因为在消费者的眼里，谁家烟花放得好，就象征着谁家这一年的生意有多红火，而这三家相邻的大酒店无疑是人们关注的焦点。至于放烟花的时间，多少年来早已形成了一个不成文的规定，那就是每个大商家都要放足半小时。虽然苏西的生意惨淡，但他还是准备了足够多的烟花。

正月十五这天晚上，灯火通明，流光溢彩。人们纷纷走出家门，聚集到各个商家的门前，等待着观看那绝美的烟花。自然，在苏西的酒店前也聚集了一小部分人，而大部分人都涌向了另外两家酒店。

二十点整，随着"嗖"的一声，满大街的烟花竞相绽放。尤其苏西近邻的两家酒店，烟花不停地在空中依次绽放……再看苏西家的烟花，便显得黯然失色，不一会，他门前的一小部分人都走掉了。

烟花的美总是很短暂，不知不觉半个小时就过去了，烟花的"表演赛"也结束了。就在人们准备回家的时候，随着"咚"的一声巨响，只见空中又升腾起一个硕大的烟花，就像天女散花一样，把天空装点得五彩缤纷，绚烂无比，紧接着一个又一个的烟花升上了天空。这时，人们早已欢呼着聚集到了苏西家的酒店前，一直持续了十分钟，他的烟花才终于散尽。

从这一刻起，大街小巷的人们都在谈论着："'香港置地文华东方酒店'的烟花多放了十分钟，看来生意很不错呢！""明天说什么也要光顾一下'香港置地文华东方酒店'"……也就是从这一天开始，苏西的酒店开始被人认知，生意也日益红火起来。

如今，"香港置地文华东方酒店"的规模早已扩大到原来的几倍，知名度也越来越高，并在2010年被福布斯评为中国十家最佳酒店之一。当

记者问起当初怎么想到利用多放十分钟的烟花来吸引顾客时，苏西说，其实，这是员工的功劳，当时从员工中搜集起来的建议有上百条，他不过从中选了一条而已。

三个臭皮匠胜过一个诸葛亮，一个优秀的成功人士，不在于自己多么有智慧，关键在于能不能发动集体的力量寻找智慧，因为只有大家的智慧才是无穷的。遇到困难，大家共同开拓思路，就能找出问题的症结所在。比如苏西的酒店导致顾客少的原因，就是不被人认知，所以只有从吸引顾客出发，努力创造出与众不同的优势来，就一定能赢来商机。

用钟表织围巾

石兵

钟表与围巾，这两件看似风马牛不相及的事物，最近却被挪威女设计师塞壬·伊莉丝·威尔森巧妙地联系在一起，设计出了一款世界上独一无二的可以织围巾的钟表。

威尔森毕业于柏林大学艺术系，主修艺术设计，是一个不折不扣的文艺女生。上学期间，各式各样的钟表是她的挚爱。这些滴滴答答的小东西，造型不一，色彩不同，却忠实记录着时光的流逝，威尔森常常在这些小钟表的转针声中捕捉灵感，思考问题，每一次都能取得不菲的收获。

同时，作为一名年轻美丽的女性，威尔森还非常喜欢各种流行服装，她尤其喜欢各式各样的围巾，而且她还是一个织围巾的高手，经常利用业余时间自己设计和织造一些独具特色的围巾。在她租住的公寓里，各式各样的钟表和围巾是最常见的事物。

在毕业设计时，导师要求威尔森发挥想象力，设计一个能体现出独特智慧的作品。为了选题，威尔森苦思冥想，却还是很难找到一种别人想象不到，设计不出来的作品。

有一天，威尔森正在织造一条围巾，她的一位朋友突然来访，看到满屋的钟表和围巾，再看着聚精会神织围巾的威尔森，朋友笑着说："威尔森，

我觉得，你一针一针的织造，简直跟这钟表的秒针一样精确，你可以数着针数算时间了，这样你就不会总是因为织围巾而迟到了。"

朋友的话让威尔森眼前一亮，她脑海中升起了一个匪夷所思的想法，朋友说的没错，事实上，时钟的针和自己手上的针没有什么不同，如果时钟的针能从走圆形变成走直线，是不是就可以织围巾了呢？

威尔森越想越兴奋，她觉得这件事一定可行。送走朋友后，她立刻拆开一只钟表，她发现，时针是通过涡轮带动行走的，只要把针线装入针角，再通过一个改变角度的小装置，就能模仿人手进行织造作业了。

但是，经过试验后，威尔森沮丧地发现，钟表的针由于受力太小，无法将足够的力传递给毛线，她改用了许多材料，效果仍然不理想。这时，她的导师提醒她说，并不是所有钟表都需要时针、分针和秒针的。

一语惊醒梦中人，威尔森跳出固有的思维模式，果断抛弃了传统意义上的钟表针，改用一个涡轮状结构代替，这样只要将毛线团穿在旁边的线轴上，然后将线头绕进涡轮结构就能开始工作。每半个小时，"涡轮"就会旋转一圈、织下一针，一年之后，它就能够织出一条二米长的围巾。

在这个被威尔森命名为"Clock365"的钟表上，表盘一共被分为48个点，最顶端和最底部的两个点分别为12点和6点，而牵动着毛线转动的拉环就是指针，这样使用者只需根据拉环所在位置就能方便地读出当时的时间。

威尔森的钟表推出后，立刻受到了极大的关注。这件融合了钟表制造技术、艺术设计灵感的作品不仅集报时和织造功能于一体，还被赋予了更多的社会意义。众多经济专家一致认为，这件作品将虚无的时间变得实质化，将有助于人们提高时间意识，帮助他们有效管理时间，提高工作效率。这件作品也让威尔森获得了欧洲设计大奖。

威尔森说："这是一个充满诗意的探索过程，我想做的只是用一种与众不同的方式展示时间的特质。'Clock365'时钟不仅能显示当前的时间，就连已经逝去和即将到来的时间也能表现出来。当然，设计并不是一气呵成的事情，我需要一边思考一边摸索，有许多设计构想就因为实施过程太过复杂而被放弃了，这不能不说是一种遗憾。"

目前，威尔森已经与北欧家居巨头"宜家"合作，大规模生产"Clock365"时钟。毫无疑问，这件闪耀着高超智慧的作品将在未来的家居市场和钟表市场占有一席之地。

许多奇思妙想都因为人们的懈怠与退让而最终流产，而像威尔森发明"Clock365"时钟这样，能够顺着一个模糊的灵感锲而不舍地探索与思考，最终创造出一件伟大作品的精神，才是每个有理想的年轻人应当学习与借鉴的终极智慧。

在树上建造"鸟巢餐厅"

王凤英

泰国一向以优美迷人的亚热带风光、广博的佛教文化、独有的民间风俗而蜚声海外。无论你是意在寻访古代遗迹或是期待观赏稀有鸟类、蓊郁的热带植物或是想一试令人兴奋的骑着大象穿过丛林之旅，置身于这个美丽浪漫的国度里，都会让你有无数的惊喜。因此，也吸引着世界各地的游客前来观光旅游。

然而，在泰国东部的第四大岛屿"古岛"，却有一片净土未被开发。这里同样有着原始的热带雨林、令人惊奇赞叹的淡水瀑布、传统的民居渔村，蔚蓝而清澈见底的海滨以及洁白的沙滩……但很久以来却一直无人问津。

就在几年前，SixSenses 公司决定在这里开发苏尼瓦奇瑞生态度假村。消息传来，人们无不欢欣鼓舞。可是，同样神奇美丽的自然风光，独特有趣的别墅，在泰国随处可见，那么，以怎样的创意才能将游客吸引过来呢？

那天，以 SixSenses 公司负责人安迪赛为首的考察团前来古岛实地考察时，发现在原始的热带雨林里，很多苍劲的大树上筑有许多鸟巢，鸟安居在鸟巢里，不时地放声高歌，仿佛在赞美着古岛的美丽。

这时，考察团里不知谁说了句："人要是变成小鸟多好啊，这样就可

以坐在鸟巢里饱览古岛无限的风光了。"说者无心，听者有意，安迪赛突发奇想，这真是个不错的创意，为什么不在那些苍劲的大树上建造一些"鸟巢餐厅"，以此来吸引游客呢？当安迪赛把这个想法告诉大家时，大家都很兴奋，对此纷纷表示赞同。于是，在树上建造"鸟巢餐厅"的创意，经过多方研究决定，便被正式列入了度假村的重点工程计划。

首先，SixSenses公司在建造"鸟巢餐厅"时，所选用的都是上好的松木，并配合泰国人造树林所种植的尤加利木材及泰国中部盛产的马来甜龙竹作为建筑材料，以保证"鸟巢餐厅"的绝对安全。

终于，经过逾五年的时间，"鸟巢餐厅"完美竣工。放眼望去，一个个"鸟巢餐厅"像一道道独特靓丽的风景，瞬间吸引了很多游人。

"鸟巢餐厅"为游客提供了一个全球独一无二的树上用餐享受，让宾客在一个新奇而私密的环境中融入大自然的怀抱。"鸟巢餐厅"因为面积小，最多只能容两个人用餐，不过，在这里可以让你享受毕生难忘的浪漫二人世界。当然，餐厅用餐两人将消费283英镑。

"鸟巢餐厅"特别的上菜方式也极具趣味，那就是服务员通过吊索送上美味餐品及顶级香槟后，旋即就会消失在你的视线中。

在"鸟巢餐厅"用餐，如果遇到晴好的天气，阳光就会斑斑点点洒落身上，十分惬意。放眼四周，满目翠绿和海边美景也会让你尽收眼底，因此，越来越多的游客都喜欢来这里观光体验。更主要的是，"鸟巢餐厅"给苏尼瓦奇瑞生态度假村带来了源源不断的财富。

从某种程度上说，在财富的道路上，方向决定命运，创意决定成败。而企业的品牌，正是靠一个个奇特的创意赢得无限广阔的未来。所以，大胆想象，勇于创新，就一定会赢来滚滚财源。

争做"第二"的智慧

周礼

在现实生活中，很多人总是喜欢争做"第一"，比如：高考，如果能拿到文科状元或理科状元，被名校录取的几率就要大得多。再如一个单位或机构，"一把手"的权力往往比"二把手"大得多，没人甘愿做副手。为了争得"第一"，人们费尽心思，绞尽脑汁，甚至不惜一切代价，大有破釜沉舟、背水一战之势。"第一"真的那么诱人吗？其实不然，虽然它璀璨夺目，但有时也会灼伤自己。

美国泛美航空公司曾是世界航空业里的"第一"，成立于1927年，只用了短短三年时间，就发展成了世界上最大的国际航空公司。此后纵横江湖数十年，成为20世纪的一种文化象征，其名气之大，影响之广，无人能及。然而，一次空难却让这个不可一世的航空帝国走向了没落和毁灭。1977年3月27日，泛美航空公司一架波音747飞机在执行飞行任务时，与荷兰皇家航空公司的一架波音747飞机在西班牙加那利群岛相撞，造成五百八十三人遇难。就因为这样一场意外，人们不再相信泛美，认为它在安全方面存在重大问题，大家都不敢坐这家航空公司的飞机了。从1986年开始，泛美发往世界各地的航班几乎都空着，尽管他们采取了各种各样

的措施进行补救，但依然无法赢得消费者的青睐。苦苦支撑五年后，泛美航空公司不得不在1991年宣布倒闭。

做行业老大是有巨大风险的，你走过的每一步都必须小心谨慎，稍有差池，就可能遭到毁灭性的打击。因为在老百姓的心目中，你是"第一"，是值得信赖的，也是不能出错的；而作为行业"第二"，因为本身不是最好的，出点小差小错在所难免，只要改了、招回了、赔偿了，人们还是能够接受的。这便是"第一"和"第二"的差别，两者的命运不可同日而语。

相较于泛美航空公司，蒙牛集团的创始人牛根生就要聪明得多。当蒙牛品牌刚刚创办的时候，牛根生就想到了争做"第二"的销售策略。他知道，要想在市场上站稳脚跟，靠常规出牌肯定会失败，必须出奇制胜，打响知名度。当时"伊利"是内蒙古乳业的龙头老大，这是铁定的事实，于是牛根生做出了一个让公司所有人都想不通的决定，他在呼和浩特的主要街道上立了三百多块广告牌，上面的广告词是：向伊利学习，为民族工业争气，争创内蒙古乳业第二品牌！随后，牛根生又在蒙牛产品的包装上印着"为民族工业争气，向伊利学习"的字样。表面上看，牛根生像是给伊利做免费广告，而事实上他是借伊利的名气提升自己的品牌，因为消费者通过伊利认识了蒙牛，并认为蒙牛也不错，也很有名。通过这种方式，蒙牛很快就赢得了消费者的信赖。

一头牛跑出了火箭的速度，这是业内人士对牛根生的评价。如今，蒙牛集团早已摆脱了借鸡生蛋的尴尬局面，成为乳业界的又一霸主。尽管如此，但牛根生却从未想过问鼎"第一"，只是默默地做好"第二"，这便是他的生存智慧。其实，"第一"和"第二"的区别并不大，但"第一"

比"第二"所承担的压力和风险却要大无数倍。所谓"高处不胜寒"、"枪打出头鸟",强者总是遭人嫉妒和非议,而弱者总是受人同情和理解,可以说,"第二"远比"第一"逍遥自在。因此,许多聪明的人总是争做"第二",不做"第一"。

只记得他们对我的好

林玉椿

刘鸿生是上个世纪中国著名的"实业大王"，他早年曾在上海圣约翰大学求学。当时，刘鸿生家里十分拮据，主要靠寡母辛苦挣钱，维持十口之家的日常开支。

刘鸿生从小就很懂事，学习非常勤奋。凭着优异的学习成绩，他屡次获得学校的奖学金。刘鸿生用这些奖学金代缴了极其昂贵的学费后，还有余钱补贴家用，令他的母亲感到欣慰。全家都对刘鸿生寄予厚望。

1906 年，在刘鸿生就读大学一年级的时候，一次决定他命运的重要时刻到来了。因为他在学校的优异表现，校长卜舫济博士和克莱夫主教看中了他。这天下课后，卜校长将刘鸿生叫到了自己的办公室，非常认真地对刘鸿生说："O.S.（刘鸿生的英文名叫做"O.S.Lien"），你是圣约翰的优等生，我们都在注意你。我们决定，明年保送你到美国留学，把你培养成一个合格的牧师。上帝保佑你！这样四年后，你回到上海，专任牧师，兼任本校讲师，月薪一百五十银元，还给你一幢花园洋房。哦，我的孩子，上帝赐给你好运！"

这可是圣约翰学子人人都羡慕的天赐良机，但刘鸿生和家人商量后，却婉拒了卜校长的好意，因为他们都不想让刘鸿生成为一名专任牧师。

刘鸿生的拒绝令卜校长非常惊讶，立刻恼羞成怒地吼道："O.S.，你是上帝的叛徒！出去，出去，你已经没有资格再在这里读书了！"卜校长生气地赶走了刘鸿生。

那一刻，对于刘鸿生来说，无疑是晴天霹雳，因为全家都将为他的命运而感到难过。

然而，坚强的刘鸿生很快从辍学的阴影中走了出来。十多年后，刘鸿生已经成为一位著名的商人，他通过煤炭销售拥有了数千万的资产。

刘鸿生衣锦还乡之时，圣约翰大学隆重地欢迎了他，授予他"名誉博士"，并邀请他出任校董。卜舫济校长更是对他毕恭毕敬。这时的刘鸿生并没有一副盛气凌人的样子，而是对校长保持着谦虚与尊敬，并且以德报怨，为母校捐巨资建造了一座富丽堂皇的社交馆。

有人问刘鸿生："以前他们那样对你，将你轰出校门，为什么现在你还要捐钱给他们建楼呢？"

刘鸿生微笑着说："我只将他们对我的好记住，那些不愉快的事情又何必铭记在心呢？而且从另一方面来说，我应该感谢那件事，因为它激励了我的成功。"

人生之中，总会遇到一些令你不快的事，总会遇到一些令你不快的人；但同时也总会遇到一些真诚地关怀你、真心地帮助你的人。我们要学会宽容，学会感恩，那些令你不快的人和事，都忘掉吧，记住那些对你好的人，记住别人的关心和帮助，你会更快乐。

最高贵的关怀和尊重

王世虎

玛格丽特·希尔达·撒切尔是英国历史上第一位女首相，因其强硬的做派和政治手腕，在国际政坛上被称为"铁娘子"。

在撒切尔夫人执政期间，有一天，她与内政大臣一起吃饭。途中，服务员端上来一碗热汤，或许是因为紧张的缘故，往餐桌上放的时候，服务员不小心把汤碗打翻了，滚烫的汤汁淋到了内政大臣身上。

年轻的女服务员顿时被自己的失误吓得手足无措，眼神里充满了恐慌。这时，撒切尔夫人立即起身，上前轻轻地拥抱住了吓傻的女服务员，拍着她的肩膀温和地安慰道："孩子，不要介意，谁都会犯错误的。"直到女服务员平静下来，撒切尔夫人这才转身去慰问一旁的内政大臣。

当时的情况下，被热汤淋到的是内政大臣，受伤的也是内政大臣，但细心的撒切尔夫人却察觉到，与内政大臣的"肌肤之痛"相比，年轻女服务员内心的"创伤"才更需要自己的关怀。在撒切尔夫人看来，自己的关怀与对方的身份地位无关，只是应该用在最需要的地方。"铁娘子"以此细微真挚的举动，温柔地表达了对普通子民亲切的关怀。

香港大学是香港历史最悠久的大学。每年，该校都会评选出若干名"名誉院士"，以表彰对学校的发展做出过杰出贡献人士的尊崇。

但在该校 2009 年 9 月公布的"名誉院士"名单中，却出现了一位"身份低微"的人——她叫袁苏妹，已经八十二岁高龄，只是学校食堂里一名普普通通的服务员。因为在家排行老三，学生们都亲切地叫她"三嫂"。袁苏妹没有受过任何教育，默默无闻地在港大食堂服务了四十四年。几十年来，她除了无微不至地照顾学生们的饮食起居之外，还"十分关心学生的身心健康成长"，被广大住宿生称为"宿舍灵魂人物"。评委会对她的入选理由是："她以自己的生命，影响了大学住宿生的生命。"

名单公布后，全校上下没有一个人对此提出异议，大家都一致认为，"三嫂"获此荣誉实至名归。港大人以此崇高的荣誉，表达了对普通劳动者的珍视和尊重。

撒切尔夫人和香港大学，一个是受万人敬仰的国家元首，一个是享誉国际的著名学府，她们都身居庙堂之高，本可以高傲地俯视万物，却不约而同地选择了走下高高在上的庙堂，以平淡而诚挚的心来对待众生。也正因为如此，撒切尔夫人赢得了百姓的爱戴，连续蝉联三届，成为英国历史上任期最长的女首相，而且被评为 20 世纪最优秀的首相之一。而香港大学，也因为自己的包容、务实以及严谨的治学作风，力压北大、清华、东京大学等亚洲名校，成为亚洲地区实力最强，乃至世界最顶尖的大学之一。

我们感动于撒切尔夫人那平民般的慈爱和胸怀，更感动于香港大学尊重卑微者劳动、不把劳动分贵贱的崇高理念。她们用自己最亲切的拥抱和最博大的胸怀，向世人展示了人世间最高贵的关怀和尊重，也为自己收获了一份至高无上的荣誉和回馈。

最高贵的捐赠

王世虎

提起周立波，想必大家都耳熟能详。作为一名享誉国内的滑稽演员，他总能以自己的幽默和智慧给观众带去欢乐，他所创立的"海派清口"和独树一帜的表演风格深受广大群众的喜爱，被人们称为"上海活宝"。

别看舞台上的周立波趣味十足、光芒四射，生活中的他却是个质朴、善良、热衷于公益慈善事业的好心人。无论是平常的义演还是去年的汶川大地震，我们都能看到他奔波忙碌的身影。周立波曾说："我不一定是最有钱的演员，但是我一定会做最有爱心的演员。"

2009年6月23日，由周立波、黎明、林志玲、陈好等众多演艺明星配音的国产动画片《马兰花》剧组参加上海东方卫视的一档娱乐节目，其中有一个慈善环节，要求每位明星捐出一件礼物进行拍卖，筹得的善款将悉数捐献给灾区那些需要帮助的孩子们。

听说是做公益善事，现场的明星们纷纷慷慨解囊。黎明捐了一个"玩具大礼包"，里面有小朋友们喜爱的各种玩具，陈好捐了一樽晶莹剔透的"水晶小猪"，林志玲则带来了自己去非洲看望受困儿童后写的一本书，而因为档期原因未能亲临现场的李扬老师和篮球明星姚明也大方地捐出了24K足金牛和镶着自己头像的限量版纪念铜牌。

与上面几位明星的相比，周立波捐出的礼物则要黯淡许多，只是一幅"画"。在主持人的询问下，周立波介绍说，这是一幅"瓯绣"，虽然它看起来很普通，但里面却包含着一个激励人的感人故事。

六年前，周立波去浙江温州演出。因为听说温州的"瓯绣"很出名，便想买一幅带回去。"瓯绣"属于温州的地方传统工艺，是中国六大名绣之一，制作方法很特别：先将毛竹刮去青皮，通过分层后煮熟抽丝，然后编织成竹帘，再用彩线在上面绣出各种精美的图案。一幅制作精良的"瓯绣"，不仅是馈赠亲友的佳品，更有很高的收藏价值。

在一条偏僻的巷子里，周立波发现了一家"瓯绣"小店。别看小店的面积不大，却也"五脏俱全"，里面的"瓯绣"不仅种类繁多，做工也非常精巧，针脚齐整，纹理分明，构图简练，色泽鲜艳夺目，绣面栩栩如生。周立波看得爱不释手，心中暗暗称奇，深为制作者灵巧的指法所惊叹！

精挑细选后，周立波看中了一幅。结账时，他才知道，小店的老板只是一个二十岁出头的小姑娘，店里的"瓯绣"全部出自她一人之手。而更让人匪夷所思的是，这个清秀的小姑娘竟是一个十指缺失的残疾人，那一幅幅"瓯绣"，全是她借助手掌的辅助力，用嘴衔着针线一针一针刺绣出来的。

周立波当即被震撼了！要知道，整个"瓯绣"的制作过程中，最重要也最烦琐的一道程序便是手工刺绣，因为它不但考验人手指的灵活性，更考验人的耐力。周立波没想到，这个在正常人看来都难以完成的事情，小姑娘却轻而易举地完成了！在这一幅幅精美的"瓯绣"背后，得需要付出多少汗水，多么顽强的毅力啊！

缘于对小姑娘的敬佩，周立波给出了双倍于"瓯绣"的价格。哪知，

小姑娘却果断地拒绝了，她淡定地说："谢谢！我需要的是欣赏，而不是同情！"

小姑娘的话让周立波羞愧不已，更为她淡泊名利的气度所折服。这幅"瓯绣"，周立波也一直如获至宝地珍藏着，每当生活中遇见了挫折和困难，只要看到了这幅"瓯绣"，便能从容乐观地去面对。末了，周立波感慨地说："那个小姑娘的话让我至今记忆犹新。我想说的是，在我们给予那些需要帮助的人以物质资助时，其实更应该给予他们精神鼓励，这便是欣赏。只有发自内心的欣赏，才能帮助他们树立起面对困难的信心，重新燃起生命的希望！"

听完周立波的话，我的眼睛湿润了。这是我迄今为止看到的最高贵的捐赠！"授人以鱼，更要授人以渔"，面对他人的不幸，别人奉上的只不过是关爱和同情，而周立波则献出了人性的美好。

欣赏，是一种鼓励，更是一种尊重。欣赏那些需要帮助的人，只是因为，他们和我们一样，都有坚韧的品性，都需要获得生命的尊严。而那些发自内心的欣赏，就像一粒粒爱的种子，必会在那一颗颗脆弱而卑微的心房上，盛开出朵朵高贵而坚强的生命之花！